दालमंडी

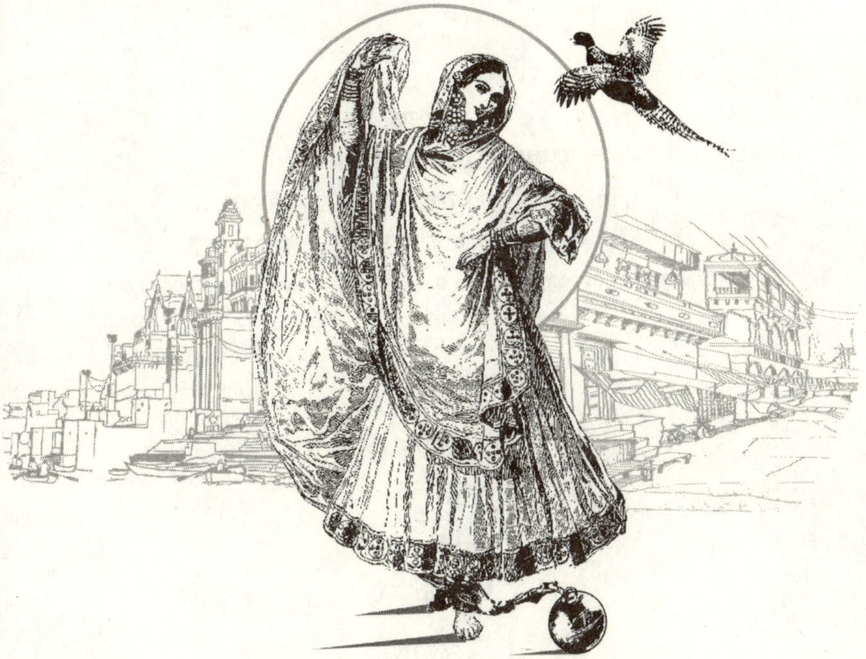

भारतीय स्वतंत्रता संग्राम में बनारस की 'कोठी' से लेकर 'कोठे' तक के अमूल्य योगदान पर आधारित

प्रकाशक

प्रभात प्रकाशन प्रा. लि.

4/19 आसफ अली रोड, नई दिल्ली–110002

फोन : 011–23289777 • हेल्पलाइन नं. : 7827007777

इ–मेल : prabhatbooks@gmail.com ❖ वेब ठिकाना : www.prabhatbooks.com

संस्करण

2025

पेपरबैक मूल्य

तीन सौ रुपए

आवरण

मनीष खत्री

मुद्रक

आर–टेक ऑफसेट प्रिंटर्स, दिल्ली

★

DALMANDI

Story by Naadan Ankita

Published by **PRABHAT PRAKASHAN PVT. LTD.**

4/19 Asaf Ali Road, New Delhi-110002

ISBN 978-93-5562-186-3

₹ 300.00 (PB)

दालमंडी

को समर्पित

भूमिका

कोठा, तबले की थाप, घुँघरुओं की छन-छन, खुशबू की लहरें, झूमते नृत्य और खनकते मधुर स्वर। हमारे समाज में यह बिंब बहुत बदनाम है। कोठागोई की शोहरत तो हर जमाने में रही। पर सार्वजनिक रूप से इसे स्वीकारने को कोई तैयार नहीं होता। पराधीन देश में अंग्रेज भी यही सोचते रहे कि कोठे कहलाए जानेवाले इन ठिकानों पर सिर्फ शराब और शबाब का कारोबार होता है। पर सच यह है कि हमारे स्वतंत्रता संग्राम की कई गुमनाम नायिकाएँ, तवायफें रही हैं। उन्होंने अपने गायन, आर्थिक सहयोग और खबरी की भूमिका से आजादी के आंदोलन में बढ़-चढ़कर हिस्सा लिया। ऐसी कई गुमनाम नायिकाओं को हम जान नहीं पाए या जानने की कोशिश नहीं की; और वे इतिहास के हाशिए में कहीं खो गईं।

पुरुष के भेस में, सीने मेडल से आभूषित, घोड़े की पीठ पर सवार, पिस्टल लिये जो महिला कानपुर में 1857 की क्रांति के दौरान ब्रितानी अफसरों से नाना साहब के लिए लड़ रही थी, उसका नाम था अजीजन बाई। कानपुर में जब भारतीय सैनिकों ने ब्रिटिश अफसरों की घेराबंदी की

तो उसका नेतृत्व भी अजीजन बाई ही कर रही थी। अजीजन तवायफ थी। उनकी माँ भी तवायफ थी। वह देश की आजादी में कभी नेपथ्य में तो कभी मैदान-ए-जंग में बहादुरी से लड़ी। अजीजन जन्मी लखनऊ में पर देशप्रेम उन्हें कानपुर ले आया। उनके 'कोठे' पर हिंदुस्तानी सिपाहियों की बैठक हुआ करती थी। अजीजन बाई ने तवायफों का एक ऐसा समूह बनाया था जो हथियारबंद सिपाहियों का मनोबल बढ़ाने के लिए, उनकी चोटों पर मरहमपट्टी करने और उन्हें हथियार बाँटने में मुस्तैद रहती थी। 1 जून, 1857 को क्रांतिकारियों ने कानपुर में एक बैठक की, इसमें नाना साहब, तात्या टोपे के साथ सूबेदार टीका सिंह, शमसुद्दीन खाँ और अजीमुल्ला खाँ के अलावा अजीजन बाई भी शामिल हुई थी। इस बैठक में गंगाजल हाथ में लेकर इन सबने अंग्रेज शासन को उखाड़ फेंकने का संकल्प लिया। अजीजन बाई एक नर्तकी थी। सिपाहियों से उन्हें बेहद स्नेह था। सिपाहियों को भी उनपर काफी भरोसा था। ऐसी ही कुछ बेगम समरू की कहानी है। अजीजन बाई का उल्लेख अपने राष्ट्रवादी लेखों में वीर सावरकर ने भी किया है।

कभी अवध, बनारस और चतुर्भुज स्थान (मुजफ्फरपुर) देश में तवायफों और गणिकाओं के यही तीन बड़े केंद्र थे। ये तीनों स्वतंत्रता आंदोलन के भी केंद्र थे। आजादी की लड़ाई में नगरवधुओं के योगदान पर रोशनी डालती, कवि, कथाकार अंकिता नादान की कहानी 'दालमंडी' इस गुमनाम राष्ट्रीय परंपरा के साथ न्याय करती है। कहानी दालमंडी को रुढ़िगत पहचान से मुक्त करती है। अंकिताजी ने कहानी के जरिए बदनाम समाज के राष्ट्रीय योगदान को रेखांकित करने का जोखिम उठाया है।

कहानी 'दालमंडी' के यथार्थ की व्यापक जमीन पर खड़ी है। यह एक ऐसे नायक और दो नायिकाओं की कहानी है जो देश की आजादी के साथ अपने प्रेम के रास्ते में आनेवाली सामाजिक वर्जनाओं से भी आजाद होना चाहते थे। अंकिता खत्री इन सघन अनुभूतियों को यथार्थ की कसौटी पर अभिव्यक्ति देती हैं।

सुरों की गली, अदब की महफिल, गुणवंतों की इबादतगाह, हुनर की मंडी और बनारसी रईसी परंपरा को दालमंडी कहते हैं। महाकवि जयशंकर प्रसाद और भारतेंदु की यह आश्रयस्थली थी। यहाँ न कोई छोटा, न बड़ा—सब बराबर। यहाँ आने के लिए बस संगीत में रुचि, तहजीब के जानकार और अंटी में माल होना चाहिए। बनारसी संगीत सुरों की विशाल परंपरा है और दालमंडी उस परंपरा का अबूझ सा स्रोत। दालमंडी 'वेश्यालय' नहीं था। यहाँ सुरों की महफिल सजती थी और संगीत की दुनिया रौशन होती थी। संगीत और संस्कृति के संरक्षण के साथ ही स्वतंत्रता आंदोलन में दालमंडी के कोठों का अतुलनीय योगदान रहा है, जिसे पहचान दी है अंकिता की कहानी 'दालमंडी' ने।

वक्त ने दालमंडी को इतना बदनाम कर दिया है कि दालमंडी की शोहरत दुनिया में तो हुई, पर बनारस के राजस्व दस्तावेजों में इस मुहल्ले का नाम तक दर्ज नहीं है। कभी इसी मुहल्ले में पारसी थियेटरकार आगा हश्र काश्मीरी रहा करते थे। भारत रत्न बिस्मिल्लाह खाँ का घर इसी मुहल्ले का सराय हडहा था। दरअसल चौक से नई सड़क के बीच जिस गली को लोग 'दालमंडी' के नाम से जानते हैं, उस गली का मूल नाम हकीम मोहम्मद जाफर मार्ग है। इस गली के एक ओर चहमामा है तो

दूसरी ओर रेशम कटरा मुहल्ला। इस गली में पहुँचते ही कहीं ठुमरी, कहीं पूरबी, कहीं घुँघरुओं का सुर, कहीं तबले की थाप, कहीं सारंगी की तान सुनाई देती। लगता था हम किसी संगीत गुफा से निकल रहे हों।

दालमंडी की एक लंबी सांस्कृतिक विरासत थी। इस सांस्कृतिक परंपरा के तार पौराणिक काल से जुड़े हैं। 'मत्स्यपुराण' में काशी को 'गंधर्वसेविता' कहा गया है—'वाराणस्यां नदी पुसिद्धगन्धर्वसेविता। प्रविष्टा त्रिपथा गंगा तस्मिन् क्षेत्रे मम प्रिये।' श्रीमद्भागवत के एकादश स्कंध में भी एक गणिका 'पिंगला' की कथा आती है। कथा के मुताबिक भगवान् दत्तात्रेय ने अपने जो 24 शिक्षा गुरु बनाए हैं। उनमें एक पिंगला नाम की वेश्या भी थी। 'बुद्ध' के आस-पास तो कई नर्तकियों का जिक्र मिलता है, बौद्धकालीन साहित्य में 'अट्ठकाशी' नाम की मशहूर वेश्या का एक रात का मनोरंजन-शुल्क एक हजार कार्षापण (तत्कालीन राजकीय मुद्रा) था, जबकि काशी-राज्य से काशीराज को प्रतिदिन लगभग इतनी ही आमदनी होती थी। सोचिए कितनी मूल्यवान थी अट्ठकाशी। अट्ठकाशी बुद्ध की प्रारंभिक शिष्यों में थी। विनय पिटक के मुताबिक बौद्ध धर्म में प्रवज्या लेनेवालों में जनपदकल्याणी अट्ठकाशी का उल्लेख है। उसका रुतबा देखिए, उसे 'जनपदकल्याणी' कहा गया। प्रवज्या के बाद अट्ठकाशी अरहंत को प्राप्त हुई। बौद्ध धर्म में अरहत या अरहंत (पाली) उसे कहते हैं, जिसने निर्वाण की अंतर्दृष्टि प्राप्त की हो। महायान बौद्ध परंपरा में इस शब्द का इस्तेमाल बुद्धत्व की चरम अवस्था पाए लोगों के लिए ही किया जाता है।

इसी दालमंडी में आजादी के आंदोलन के दौर में हुस्नाबाई, राजेश्वरी

बाई, जद्दनबाई, विद्याधरी बाई से लेकर रसूलन बाई के कोठे पर महफिलों में अंग्रेजों को देश से निकालने की रणनीति तय होती थी। मशहूर अभिनेत्री नरगिस दत्त की माँ और संजय दत्त की नानी जद्दनबाई ने तो अंग्रेजों के छापों से तंग आकर दालमंडी छोड़ दी। ठुमरी गायिका राजेश्वरी बाई तो हर महफिल में अंतिम बंदिश 'भारत कभी न बन सकेला गुलाम…' गाना नहीं भूलती थीं। 'फूल गेंदवा न मारो' जैसे गीत से मशहूर रसूलन बाई ने भी अपने संकल्प के मुताबिक आभूषण तभी पहने जब देश आजाद हो गया। तवायफ दुलारी बाई के ललकारने पर उसके खास नन्हकू सिंह ने कई अंग्रेजों के सिर धड़ से अलग कर दिए। कजरी गायिका सुंदरी के प्रेमी नागर को ब्रितानी सेना से मोर्चा लेने पर कालापानी की सजा हो गई। सिद्धेश्वरी बाई भी अपनी महफिलों में नौजवानों की भुजाओं को फड़काने के लिए देशभक्ति के गीत जरूर गाती थी।

तवायफ, वेश्या, गणिकाएँ, वारांगना, नगरवधू, पतुरिया, रंडी-मुंडी हमारे देश के सांस्कृतिक इतिहास की ये रवायतें ढाई से तीन हजार साल पुरानी हैं। अवध, बनारस और मुजफ्फरपुर का चतुर्भुज स्थान इस इतिहास के जिंदा केंद्र रहे हैं। बौद्ध काल में भी गणिकाओं का उल्लेख मिलता है। आम्रपाली की कथा सब जानते हैं। बुद्ध ने इसकी प्रतिभा देख इसे अपने विहार में प्रवेश दिया था। तब तक महिलाएँ बौद्ध विहारों में प्रतिबंधित थीं। पारंपरिक मुजरा, गीत, गजल, बंदिशों के बोलों को भावपूर्ण नृत्य शैली में अंजाम देनेवाली नर्तकी को 'तवायफ' कहते थे। ये नर्तकियाँ 'पेशवाज' पहनकर नृत्य करती थीं, जिसमें शरीर के ऊपरी भाग में घेरेदार अँगरखा और पैरों में चूड़ीदार पाजामा पहना जाता था।

तवायफें अमूमन जिस्मफरोशी नहीं करती थीं। आमतौर पर किसी राजा, नवाब, रईस या गोरे साहब की रक्षिता (रखैल भी पढ़ सकते हैं) के तौर पर ये तवायफें अपना जीवन गुजारती थीं। हर शाम कोठे पर महफिल सजाना और उपशास्त्रीय गायन ही इनका काम था। तवायफों का इतिहास बहुत पुराना है। संस्कृत में गणिका का मतलब वेश्या होता है। 'शब्द कल्पद्रुम' में इन्हें लंपटगणों की भोग्या कहा गया है। कौटिल्य के अर्थशास्त्र के मुताबिक उस वक्त गणिकाओं का इस्तेमाल सूचना इकट्ठा (जासूसी) करने के लिए भी होता था। बाद के दिनों में वेश्याएँ नृत्य-संगीत के अलावा जिस्मफरोशी में भी लग गईं। साधारण तौर पर इन्हें कोठेवालियाँ या रंडी भी कहते हैं। अवध में इन्हें पतुरिया भी कहा जाता था। वैसे काशी की तवायफ परंपरा काफी समृद्ध थी तभी तो भारतेंदु ने अपने नाटक 'प्रेमयोगिनी' में लिखा है—'आधी कासी भाट भंडोरिया बाम्हन औ संन्यासी, आधी कासी रंडी मुंडी रांड़ खानगी खासी''' देखी तुम्हरी काशी लोगो, देखी तुम्हरी काशी।'

पर तवायफ और गणिका में बड़ा झीना अंतर है। 'तवायफ' अरबी शब्द 'तायफा' का बहुवचन है, जिसका अर्थ है व्यक्तियों का दल, विशेषतः गाने-बजानेवालों का दल। इस मंडली में शामिल नाचने वाली को ही 'तवायफ' कहा गया है। मध्य युग में रईस और जमींदारों के घरों में विवाह या अन्य उत्सवों में मुजरा होता था। मुजरे में कई तवायफें अपनी साथियों के साथ शामिल होती थीं। तवायफों की परिभाषा शब्दकोश में भी मिलती है। मुजरे में नाचनेवाली नर्तकियों को तवायफ कहा जाता है। (देवनागरी उर्दू-हिंदी कोश, पेज-8, संपादक रामचंद्र

वर्मा) भारत में ब्रिटिश उपनिवेशवाद के दिनों में अंग्रेजों ने गड़बड़ की। सभी नाचनेवालियों को एक ही श्रेणी में रख इन्हें 'नॉच गर्ल' कहा। इसी के चलते समझ में यह अंतर मिटने लगा। अंग्रेजी चश्मे से लिखे गए इन अभिलेखों, क्रॉनिकल, गजेटियर में इन सबको 'नॉच गर्ल' करार दिया गया। इस विषय पर सबसे प्रामाणिक लेखन अंग्रेज लेखक प्राण नेविल और फ्रेंचेस्का ऑरसीनी का है, जबकि हिंदी में प्रामाणिक लेखन अमृतलाल नागर की 'ये कोठेवालियाँ' है।

गांधीजी के आजादी आंदोलन में भी इन तवायफों ने बढ़-चढ़कर हिस्सा लिया। इतिहास में इनका जिक्र नहीं है। 1920 से 1922 तक असहयोग आंदोलन के दौरान गांधीजी के मार्गदर्शन पर बनारस में एक 'तवायफ संघ' भी बना था। महात्मा गांधी जब बनारस आए तो इन गायिकाओं ने उनसे मिलकर अपनी समस्याएँ रखीं। तब बापू ने उन्हें 'तवायफ संघ' बनाने की प्रेरणा दी। काशी की हुस्नाबाई इसकी पहली अध्यक्षा चुनी गईं। इस मौके पर गांधीजी का भाषण भी हुआ। उनका भाषण 'वारवधू-विवेचन' नामक किताब में छपा है। अपने संबोधन में महात्मा गांधी ने उन्हें आत्मवादी सुधार के बाद आजादी की लड़ाई में भाग लेने की राय दी। काशी की ख्यातनाम गायिका विद्याधरी से बापू ने आग्रह किया कि आप देश के किसी हिस्से में अपना संगीत कार्यक्रम करें तो साथ-साथ वहाँ अंग्रेजी हुकूमत के खिलाफ राष्ट्रीय गीत गाकर आजादी के लिए जन-समर्थन भी जुटाएँ। विद्याधरी भी दालमंडी की शान थी। फिर क्या, अंग्रेजी हुकूमत की परवाह न करते हुए विद्याधरी ने महात्मा गांधी की आज्ञा का पालन किया। उनका यह गीत भीड़ खींचने लगा।

"चुन-चुन के फूल ले लो, अरमान रह न जाए।
ये हिंद का बगीचा, गुलजार रह न जाए॥"

ऐसी ही एक तवायफ थी गौहर जान। वह स्वतंत्रता आंदोलन के समर्थन में 'स्वराज कोष' में कुछ राशि नियमित जमा करती थी। विक्रम संपत की किताब 'माई नेम इज गौहर जान' के मुताबिक गांधीजी ने गौहर जान को बुलाकर उनसे आजादी के आंदोलन के लिए चंदा जुटाने की अपील की। गौहर जान चकित और खुश दोनों हुई। गौहर जान इस शर्त पर चंदा इकट्ठा करने के लिए तैयार हुई थी कि वह इसके लिए जो संगीत समारोह करेगी, गांधीजी को इसमें आना होगा। गांधीजी आने में असमर्थ रहे। उस कार्यक्रम में 24,000 की राशि एकत्र हुई, जो बड़ी रकम थी। गौहर जान रूठ गई। तब गांधीजी ने मौलाना शौकत अली को उनके घर भेजा। गौहर जान ने 12 हजार रुपए यह कहते हुए मौलाना को दिए कि 'बापू ने आधा वचन निभाया, इसलिए आधा चंदा दे रही हूँ।' गांधीजी ने जब बिहार में ऐसी ही अपील की तो वहाँ भी पैसा जमा हुआ। गीत था 'सइयां बुलकी देबई, नथिया देबई, हार देबई ना, अपना देस के संकट से उबार देबई ना'।

दुर्भाग्य था कि इन्हें कभी सम्मान की नजर से नहीं देखा गया। उत्तर में तवायफ, दक्षिण में देवदासी, गोवा में नायिका, बंगाल में बाजी, फिरंगियों के लिए नॉच गर्ल। ये सारे नाम अश्लीलता का पर्याय बन गए। लेकिन हमारे राष्ट्रीय आंदोलन में इनके बौद्धिक और सांस्कृतिक योगदान को भुलाया नहीं जा सकता। अंकिता की कहानी 'दालमंडी' इन स्मृतियों को झाड़-पोंछकर फिर से चमकदार बनाती है।

समय के साथ दालमंडी की यह संगीत परंपरा लुप्त हो गई। लेकिन उसका इतिहास आज भी सुरक्षित है। कला की इतनी बारीक समझ, गीत-संगीत की इतनी गहन योग्यता, नृत्य का ऐसा विराट समागम, गुण-ग्राहकता की ऐसी अनूठी मिसाल और कहीं नहीं मिलेगी। वक्त को न रोकना मुमकिन है और न ही बीते हुए वक्त में लौटना। मगर फिर भी जब कभी दालमंडी का जिक्र आएगा, वक्त का वो बीता हुआ हिस्सा स्मृतियों में अपने आप कौंध जाएगा।

अंकिता नादान की कहानी 'दालमंडी' इस समाज की कुंठाओं और वर्जनाओं से मुक्ति का संदेश देती है। इसमें पराधीनता से आजाद होने पर छटपटाहट है। इस कहानी के नायक और नायिकाओं में पराधीन देश को आजाद करने की तड़प है तो निजी तौर पर समाज के बंधनों से मुक्ति की आकांक्षा भी है। अंकिता ने इस बिंब के जरिए वह कथा कही है, हिंदी में जिस पर कम लिखा गया है। उन्होंने 75 साल पहले की दालमंडी को आधुनिक संदर्भ में प्रस्तुत किया है। गहरे आत्मविश्वास के साथ अंकिता ने प्रेम त्रिकोण की सघन अनुभूतियों को सार्थक अभिव्यक्ति दी है। आप इस कहानी को पढ़ें, गुनें और दालमंडी पर नए सिरे से अपनी राय कायम करें।

15 जुलाई, 2024

—हेमंत शर्मा

hemantmanusharma@gmail.com

मेरी बात...!

होता तो ऐसा है कि लेखक कहानी की विषयवस्तु चुनते हैं लेकिन मेरे साथ इसका उल्टा हुआ... आखिर गंगा उल्टी भी तो सिर्फ बनारस में ही बहती है। यानि 'दालमंडी' की इस कहानी ने अपने लेखक के रूप में मुझे चुना। जो उतरा वो उतार दिया... कुछ यूँ...

त्रिनेत्र, त्रिपुंड और त्रिशूलधारी महादेव की नगरी में प्रेम का त्रिकोण रचा और ऐसा रचा के जिसमें कौन कितना बचा बता पाना मुश्किल है। वैसे भी प्रेम के बारे में महान सूफी संत कह गए है 'खुसरो दरिया प्रेम का उल्टी वाकी धार, जो उबरा सो डूब गया, जो डूबा सो पार...।' फिर वो प्रेम चाहे किसी मनुष्य से हो या राष्ट्र से...

कमाल की बात है भारत के सबसे बड़े स्वतंत्रता संग्राम में योगदान देने वालों का उल्लेख एक ओर जहाँ इतिहास के पन्नों पर स्वर्ण अक्षरों में अंकित है तो वहीं अनेक ओ नेक ऐसे रहे जिन्होंने अपना मान सम्मान, शान-ओ-शौकत तक सब कुर्बान कर दिया लेकिन उनका कहीं कोई जिक्र तक नहीं। कहानी 'दालमंडी' बनारस की 'कोठी' की स्त्री से लेकर बनारस के 'कोठे' की स्त्री तक की इस महासंग्राम में योगदान

और बलिदान की गाथा कहती है। इस कहानी के कुछ अंश मैंने बनारस के जानकार पुरानियों से चौराहों पर रात्रि भ्रमण के दौरान हुई अकस्मात भेंट तो कभी कहीं किसी चर्चा परिचर्चा में यूँ ही सुने थे। यहीं से आप इस कथा में सत्य घटनाओं को भी तलाश सकते हैं।

तब जानती भी नहीं थी कि टुकड़ों-टुकड़ों में सुनी सुनाई ये दास्तान हिलोरे मारते हुए मेरे कल्पना लोक के सागर से ऐसे जा टकराएगी की मुझ जैसी मूलतः कविता, गीत लिखने वाली से ये कहानी खुद अपनी कहानी लिखवाएगी।

कोरोनाकाल में मानस जन्म हुआ इस कहानी का पात्रों ने स्वयं आकर अपना परिचय दिया। रात बेरात नींद में उठ जाती, बिस्तर पर अंधेरे में मोबाइल पर ही टाइप करती रहती। कितने मिनट कितने घंटे कुछ नहीं पता। फिर सो जाती और सुबह चाय नाश्ता करने के बाद जब रात का लिखा हुआ स्क्रॉल करती तो यकीन नहीं होता। इस अर्ध चेतन अवस्था में लेखन चलता रहा। प्रारंभ में ये प्रेम कहानी थी। एक रात एक रूपसी आई अपना नाम बताया और परिचय दिया। वहाँ से ये कहानी प्रेम त्रिकोण में तब्दील हो गई। कई बातें जो कहानी में पहली लिखीं बाद में पता चला ऐसा या इससे मिलता जुलता घटनाक्रम वास्तव में किसी समय काल में घट चुका था।

दालमंडी के पास चौक थाना क्षेत्र में मणिकर्णिका घाट की जानेवाली ब्रह्मनाल गली में पली बढ़ी हूँ··· बचपन से यौवन तक अट्ठारह साल वहीं रही। प्रतिदिन वहीं से स्कूल बस में बैठती। सड़क के उस पार स्थित दालमंडी में जाना हम लोगों के लिए एक तरह से वर्जित था। उसे बदनाम

गली के रूप में जाना जाता था। लड़कियों को तो खास हिदायत थी। कभी नई सड़क जाने के लिए इस गली से गुजरी भी तो किसी बड़े का साथ होता वो भी दिन का समय और पार करने की जल्दी। तब भी कहाँ पता था कि ये बदनाम गली अपनी कहानी कहने के लिए मुझे चुनेगी।

1940 से 1942 के बीच पूरे भारतवर्ष की ही भाँति बनारस में भी स्वंतत्रता संग्राम की ज्वाला धधक रही थी। कोई भी इससे अछूता न था। अपने-अपने स्तर से इस यज्ञ में आहूति देने की ललक हर एक दिल में थी।

प्रेम···चाहे किसी व्यक्ति से हो या राष्ट्र से बलिदान माँगता है। दालमंडी के नायक और दोनों नायिकाओं ने प्रेम किया। सच्चा प्रेम··· और उस प्रेम के लिए तीनों ने त्याग किया। यह त्याग की गाथा है क्यूँकि प्रेम की पराकाष्ठा उसका चरम, पाने में नहीं खोने में है।

कहानी के मुख्य पात्र बनारसी रईसजादे कृष्णेंदु किशोर चंद उर्फ किसना, उसकी धर्मपत्नी पदमा देवी और कृष्णेंदु के छद्म नाम कवि, शायर लेखक 'राज कुंवर' की प्रेयसी नगरवधु नायाब जान के अलावा अन्य पात्रों में क्रूर ब्रिटिश शासक दंभी मेजर रोजवेल्ट, किसना का बाल सखा लाखन, कोठे की मालकिन जद्दन बाई, सेवादार रसूल मियाँ, कृष्णेंदु के पिता कन्हैया लाल, माता सरिता देवी, दादी अम्माजी, ससुर राजेंद्र आदि की महत्त्वपूर्ण भूमिका है। एक खास भूमिका पशुपतिनाथ नामक पक्षी की भी है।

इस कहानी के विस्तार के साथ बनारस के चौक मोहल्ले की गलियों और बनारसियों की दिनचर्या के साथ खान पान, रहन सहन को

भी दर्शाने का प्रयास किया गया है।

मेरे प्रिय पाठकों कहानी लेखन में मुझे कोई सिद्धि प्राप्त नहीं है फिर भी आज अगर ये आपके हाथों तक पहुँची है तो इसका श्रेय उन सहृदय लोगों को जाता है जिन्होंने पिछले चार सालों में कई बार मेरे डूबते हौसलों को संभाला इनमें प्रमुख हैं आदरणीय हेमंत शर्माजी। ये मात्र संयोग नहीं परंतु इस ओर इशारा है कि इस कार्य पर ईश्वरीय कृपा है क्यूँकि इस जनवरी की पहली तारीख रात बारह बजे जब हेमंतजी ने व्हाट्सएप पर दालमंडी की भूमिका भेजी तब मैं, मनीषजी, बेटे अंश और दो अन्य नहीं अपितु अनन्य मित्रों के साथ दालमंडी के पास बाइक खड़ी करके उसी सिंधिया घाट की सीढ़ियों पर बैठे गंगा निहार रहे थे जहाँ से यह कहानी आरंभ होती है। कहाँ दिल्ली बैठे हेमंतजी को पता था और कहाँ हमें भी। हम सब नए साल का जश्न मनाने निकले थे और कैंटोनमेंट से होते हुए चौक निकल आए।

खैर, ऐसे कई इत्तेफाक हुए हैं इस संपूर्ण रचना प्रक्रिया के दौरान। मित्र अजय सिंह जी ने अप्रत्यक्ष रूप से इस कहानी के बाहर आने में जो साथ दिया है उसे मैं कभी नहीं भूल सकती। प्रकाशक श्री प्रभातजी जिनके माध्यम से यह कहानी आप तक पहुँच रही है उनके प्रति कोटिश: आभार व्यक्त करना चाहती हूँ। आवरण पृष्ठ का विमोचन काव्य सम्राट कुमार विश्वासजी ने किया। उनके प्रति हृदय से आभार।

और अंत में आभार बनारस का जहाँ की गलियों में पली बढ़ी, जहाँ के घाट पर घूमते टहलते कितने ही महान् साधु, संतों, संन्यासियों की ऊर्जा को महसूस किया, जहाँ की गंगा ने माँ की तरह हमेशा मेरी

झोली भरी, जहाँ की हवा में साँस ली तो हर साँस में किसी विद्वान की साँस मेरे भीतर घुल गई। इन सबका ही असर है और जो कोई कसर है तो मुझ नादान की है जिसे आप क्षमा करें ऐसी प्रार्थना के साथ माँ गंगा और बाबा विश्वनाथ के चरणों में समर्पित करते हुए प्रस्तुत है··· 'दालमंडी'!!!

—**नादान अंकिता**

प्रेम रस···बनारस

प्रेम कभी स्वार्थी नहीं होता,

जहाँ स्वार्थ है वहाँ प्रेम नहीं हो सकता है।

जाति-धर्म और तमाम सामाजिक मान्यताओं से परे

प्रेम सिर्फ प्रेम होता है

जो या तो होता है या नहीं होता है··

ऐसा ही प्रेम त्रिकोण बनारस की 'दालमंडी' का केंद्र है··

और बनारस··बनारस की इस रहस्यमयी धरती में आखिर ऐसा क्या है, जो इसे तीनों लोक से न्यारी बनाता है।

बनारस··एक ऐसा शहर जिसका न आदि है न अंत··

हर समय और काल से परे ब्रह्मांड का ऐसा भूखंड, जिसकी एक कुशा से निकलते चमत्कृत करते प्रकाश ने आकाश विहार करती देवी पार्वती को ऐसा आकर्षित किया कि महादेव को कैलाश से लेकर वे यहाँ आ बसीं।

गंगा तरंग रमणीय जटा कलापं, गौरी निरंतर विभूषित वाम भागम्।

नारायण प्रियमनंग मदापहारं, वाराणसी पुरपतिं भज विश्वनाथम्॥

बनारस··

भगवान् शंकर के त्रिशूल पर बसा हुआ नगर। अति प्राचीन।

बनारस··

माँ गंगा की जलधारा से निरंतर धुलता रहता पवित्र स्थल।

बनारस··

जीवन का हर रस जहाँ समाहित हो, एकरस हो जाता है।

बनारस··

जिसकी सुबह जगाती नहीं जागृत करती है।

बनारस··

जीवन के अंतिम सत्य यानी मृत्यु का उत्सव मनाता है··

बनारस के कोने-कोने में जीवन के अनगिनत रहस्य छुपे हैं।

परतों में··गिरहों में

खोजते जाओ

पाते जाओ और फिर खोजने लगो··

एक जादू, एक अनबूझ पहेली।

एक कशिश, एक इश्क है बनारस··

बनारस··रस से बना है या रस बनारस से बने हैं, समझ नहीं आता··

जितना समझोगे, उतना समझ आएगा कि

कितना कुछ है समझने को,

जो हम कभी नहीं समझते··

एक कभी न मिटने वाली प्यास का नाम है बनारस··

एक तड़प, एक आस है बनारस··

किसी शायर की महबूबा सा है बनारस
किसी कलाकार की कल्पना सा है बनारस
रंग-रंग में उमंग है बनारस
घाटों पर पिसती भंग है बनारस
अपनी मस्ती में मलंग है बनारस
अविरल निर्मल गंग तरंग है बनारस।

आइए, आपको ले चलते हैं आज से लगभग नौ दशक पूर्व, जब बनारस की पतित-पावन धरती का खून खौल रहा था अत्याचारी अंग्रेजों के खिलाफ और यहाँ के क्रांतिकारी आजादी के लिए बलिदान देने के लिए तैयार थे, लेकिन इसी बनारस की रस भरी आबोहवा में एक अनूठी प्रेम कहानी भी परवान चढ़ रही थी।

दालमंडी

बनारस का चौक
सारे विश्व में
पूरे भारत में
कोई ऐसा चौराहा नहीं
हाँ, हम बात कर रहे है बनारस के 'चौक' की...
आप भी 'चौंक' जाएँगे ऐसा 'चौक' देखकर!

कहते हैं कि बनारस महादेव के त्रिशूल पर टिकी नगरी है। प्राचीन काल में जब उत्तर क्षेत्र में बनारस शहर, जहाँ आजकल राजघाट का पुल है, वहाँ बसा था और यह आनंद वन तीन पर्वत-शृंखलाओं की कड़ी थी—ओंकारेश्वर, विश्वेश्वर और केदारेश्वर। जिसकी मध्य की चोटी, जो आनंद कानन का विशेश्वर खंड हुआ करती थी, वह बहुत ऊँची थी। आज उसी शिखर पर चौक-चौराहा स्थित है।

तो इसे यों कह सकते हैं कि 'चौक' यानी बनारस का सबसे वह ऊँचा स्थान, जहाँ तक कदाचित् बाढ़ के समय गंगा का जलस्तर बढ़ते

हुए पहुँच गया तो पूरा बनारस डूब जाएगा।

'चौक' यानी बनारस के 'पक्के महाल' का मुख्य केंद्र बिंदु। अनगिनत गलियों की उपज जहाँ से होती है। इन गलियों में जीवन का संपूर्ण दर्शन छुपा है। कहाँ से चलो कहाँ पहुँच जाओगे। बिल्कुल हमारी जिंदगी की तरह।

'चौक' के चौराहे पर खड़े होने पर आपको अपने पुरुषार्थ के चार धाम दिखते हैं।

यह क्या लिख दिया⋯पुरुषार्थ के चारों धाम⋯ऐसा कैसे संभव है⋯

तो पहुँच जाइए, चौक-चौराहे पर और खड़े हो जाइए पूरब की दिशा में अपना मुँह करके⋯आपके बाईं ओर विशेश्वरगंज मंडी है, जो अर्थ यानी व्यापार का बहुत बड़ा बाजार है, आज भी यह पूर्वांचल की सबसे बड़ी मंडी है। सामने पूरब दिशा में है चारों पहर जागृत महाश्मशान, जहाँ की अग्नि कभी ठंडी नहीं होती। यहाँ हुई मृत्यु इनसान को जीवन-मरण के बंधनों से मुक्त कर मोक्ष प्रदान कराती है। अपने दाईं तरफ देखेंगे तो बाबा विश्वनाथ धाम। सनातन धर्म का सर्वोच्च तीर्थस्थल, महादेव का पावन मंदिर और अपने पीछे, यानी पश्चिम दिशा में स्थित है 'दालमंडी'। यों तो खूबसूरत, 16 कलाओं में दक्ष नगरवधुओं के इस स्थान को अंग्रेजों ने 'डॉल मार्केट' नाम दिया था। जिसे नगरवासी 'डॉल मंडी' कहते-कहते कब 'दालमंडी' बोलने लगे, इसका आभास ही नहीं हुआ। इस प्रकार इस अनूठी नगरी का ऐसा चौक, जिसे हमारे चारों पुरुषार्थ 'धर्म-अर्थ-काम-मोक्ष' के आधार पर बसाया गया हो वह वाकई अद्‌भुत है⋯बस हमारी कहानी भी इसी विलक्षण 'चौक' से आरंभ होती है।

जुलाई 1942 की यह शाम अत्यंत भयावह सा आभास देने लगी थी। जगन सरदार तेजी से चौक की ओर बढ़ रहे थे। चौक में सड़क के किनारे रोज की भाँति कुछ महिलाएँ और पुरुष फूल मंडी से हार-मालाएँ लाकर अपनी-अपनी डोलचियाँ सजाकर बैठ चुके थे। ग्राहकों की आवाजाही चल रही थी। चारों पुरुषार्थ को समेटे इस चौक की फूलों की ये दुकानें भी जैसे इस चौक की चारों दिशाओं के लिए ही यहाँ सजाई गई हों। यहाँ से मालाएँ मंदिरों के लिए भी खरीदी जा रही थीं, श्मशान की अंतिम यात्रा के लिए भी और कुछ सेठ बेले के गजरों को अपनी कलाइयों पर लपेटकर उन बदनाम गलियों की तरफ भी रुख कर लेते थे। यह भी धर्म-अर्थ-काम-मोक्ष का ऐसा उदाहरण प्रस्तुत कर रहे थे, जो कहीं और देखने को नहीं मिलेगा।

काली घटाएँ बहुत तेजी से घिरने लगी थीं। आसमान भी डरावनी सी लालिमा बिखेरने लगा था। शाम को ही हर तरफ अँधेरा छा गया था। हवाएँ तूफानी हो चली थीं। जगन सरदार ने अपनी गति बढ़ा दी थी। 'ऐसा भयानक मौसम तो मैंने अपने पूरे जीवन में कभी देखा ही नहीं, जाने क्यों ऐसा महसूस हो रहा है कि कहीं कुछ अनहोनी न हो जाए।'

"अरे, जगन सरदार क्या हो गया? कहाँ सरपट भागे जा रहे हो?" पीछे पान की दुकान से आवाज आई। "महादेव केशव भैया! देख रहे हैं न कैसा अजीब सा मौसम हो गया है। बस, जल्दी से चौक पहुँचकर बेलपत्र, फूल लेकर बाबा के दरबार पहुँच जाऊँ और दर्शन-पूजन करके सीधे घर। लग रहा है, आज बहुत घनघोर बरसात होगी।"

"सही कह रहे हो जगन सरदार। आज पान की गिलौरी बिना लिये

आगे बढ़ गए तो मैंने टोक दिया। वाकई मौसम तो बहुत खराब हो रहा है। महादेव सबकी रक्षा करें।" जगन सरदार पीछे घूमे और दुकान के पास पहुँचे। केशव ने बिना देर किए पान का बीड़ा जगन सरदार को थमा दिया। पान मुँह में घुलाते हुए जगन सरदार ने कहा, "गुरु, आज तुरंत निकल रहा हूँ, कल संझा को बैठकी होगी।" 'महादेव'। केशव ने भी मुसकराते हुए हाथ उठा दिया 'महादेव'।

जगन सरदार चौखंबा से जैसे ही ठठेरी बाजार पहुँचा ही था, मोटी-मोटी बूँदें गिरने लगीं। पट-पट, पट-पट ऐसे शोर शुरू हो गया जैसे इंद्रदेव रुष्ट होकर आकाश से पत्थर बरसा रहे हों। बारिश तेज होने लगी थी। 'ऐसे बढ़ूँगा तो अच्छे से भीग जाऊँगा, कहीं चोट-चपेट लग गई सो अलग।' बुदबुदाते हुए जगन सरदार एक गुमटी की ओट में खड़ा हो गया। 'महादेव सबकी रक्षा करें।' 'महादेव सबकी रक्षा करें।'

अपने को समेटकर किनारे खड़े जगन सरदार अपना सिर गमछे से पोंछते हुए सोच ही रहे थे...'आज ऐसा जान पड़ रहा है कि यह बारिश जल्दी रुकेगी नहीं...' तभी अचानक छन-छन की आवाजें सुनाई दीं। जगन सरदार को लगा कि कोई महिला पाजेब पहनकर उसी तरफ दौड़ते हुए चली आ रही है। आवाज धीरे-धीरे तेज और स्पष्ट हो रही थी और दूसरी ओर तेज बारिश के बीच आसमान में बिजलियाँ भी ऐसे कड़क रही थीं जैसे वहीं गिर जाएँगी।

जगन सरदार कुछ समझ पाते, तब तक तेजी से दौड़ती हुई एक खूबसूरत महिला राम भंडार के बगल वाली गली से निकली और हाँफते हुए सामने से ब्रह्मनाल की ओर जाने वाली गली में घुस गई। 'अरे यह तो

‘नायाब जान…’! जगन सरदार का मुँह खुला का खुला रह गया।

अभी वह अपने दिमाग को स्थिर कर पाता तब तक उसी तरफ से कुछ और आवाजें आने लगीं। ‘अब यह क्या है?’ जगन सरदार ने उसी तरफ फिर से अपने कान लगा दिए। ‘यह तो बूटों की आवाज है, किसी अंग्रेज अफसर के बूटों की आवाज।’

जगन सरदार का दिमाग घूमने लगा, ‘यह माजरा क्या है आखिर’…‘क्या कोई नायाब जान के पीछे है?’ वह उसी उधेड़बुन में था और मन में उठ रही जिज्ञासाओं को शांत करने का प्रयास कर ही रहा था, तभी गुस्से में तमतमाया एक अंग्रेज ऑफिसर उसी राम भंडार के बगल वाली गली से दौड़ते हुए निकल सामने ब्रह्मनाल वाली गली में घुस गया।

‘अरे यह तो आदमखोर अफसर रोजवेल्ट है…यह नायाब जान के पीछे… ? हाथ में बंदूक लेकर… ?’ जगन सरदार का सिर चक्कर खाने लगा।

तूफानी बरसात में नायाब जान एक साँस में फिसलन वाली गीली गलियों में भागती जा रही थी। ओजस्वी चेहरे पर एक गजब का आत्मविश्वास…उम्मीदों से भरा चेहरा…आँख जैसे कुछ तलाश रही हों… ऐसा लग रहा था, जैसे उसे अपनी मंजिल का पता चल गया हो…

वह तेजी से भाग रही थी कि अचानक सामने वाली गली से एक गाय निकलकर उसके सामने आ आई। सबकुछ इतनी जल्दी हुआ कि नायाब जान अपने आपको सँभाल नहीं सकी और उस गाय से बुरी तरह टकरा गई। ‘गऊ माता क्षमा करना’ अपने दाएँ हाथ को माथे से लगाकर

लड़खड़ाती नायाब जान खुद को किसी प्रकार सँभालते हुए फिर आगे दौड़ पड़ी।

दौड़ते-दौड़ते पीछे से बूटों की आवाजें अब उसके कानों में भी सुनाई देने लगी थीं। उसके माथे पर शिकन आ गई। "यह फिर आ रहा है मेरे पीछे··· ?" नायाब जान ने अपनी गति बढ़ा दी।

बूटों की आवाज स्पष्ट होती जा रही थी। हाथ में बंदूक लिये रोजवेल्ट पायल की आवाज के पीछे दौड़ा जा रहा था। अब ऐसा लगने लगा था कि नायाब जान जहाँ जाना चाह रही है, रोजवेल्ट उसे वहाँ नहीं जाने देना चाहता। वह किसी भी कीमत पर उसे रोकना चाहता है। भले ही उसे नायाब जान को गोली ही क्यों न मारनी पड़े। रोजवेल्ट की आँखों में खून सवार था। एक हाथ में बंदूक लिये दूसरे हाथ से चेहरे पर गिर रही बारिश की बूँदों को पोंछते हुए वह भी दौड़ता जा रहा था।

नायाब जान को लगने लगा कि उसका पीछा कर रहा रोजवेल्ट उसके बहुत समीप पहुँच चुका है। दौड़ते-दौड़ते उसने पीछे मुड़कर देखने का प्रयास किया कि अभी वह कितना पीछे है। बारिश की अनियंत्रित बूँदें उसकी आँखों पर भी पड़ रही थीं। एक हाथ से आँख पोंछते हुए देखा तो बारिश के कारण पूरी गली में धुंध सी छाई हुई थी, कुछ भी स्पष्ट नहीं हो पा रहा था। अचानक उससे काफी दूर उस बारिश के कोहसे को चीरती हुई उसे एक आकृति सी दिखाई पड़ी। हालाँकि वह आकृति अभी दूर थी, लेकिन यह दृश्यावली किसी अनहोनी का स्पष्ट संकेत दे रही थी।

नायाब जान कोशिश कर रही थी कि वो तेजी से आगे निकल जाए, तभी उसका पैर गली में पड़े गोबर पर पड़ा। वह झटके से फिसल गई।

पत्थरों की चिकनी भीगी गली और गोबर की फिसलन। वह फिसलते हुए सामने की दीवार से टकरा गई। सबकुछ इतनी जल्दी हुआ कि उसे कुछ समझ नहीं आ रहा था। उसकी दाएँ हाथ की हथेली छिल गई थी और दायाँ घुटना भी इतनी जोर से दीवार से टकराया था कि असहनीय दर्द उभर आया। घुटने से खून रिसने लगा था। नायाब जान की आँखों में आँसू छलक गए। बूटों की आवाज पास आती ही जा रही थी। किसी तरह अपने को हिम्मत देते हुए वह उठी और शीतला गली की ओर मुड़ गई। उसने फिर अपनी गति बढ़ाने का प्रयास किया। लेकिन दर्द जानलेवा था। उसके पैर काँपने लगे। उससे एकदम भी भागा नहीं जा रहा था। वह लँगड़ाते हुए गली की ओट में छुपकर खड़ी हो गई।

बूटों की आवाज एकदम करीब आ चुकी थी। उस तिराहे पर पहुँचकर वह ठिठका। उसकी खूनी निगाहें इधर-उधर नायाब जान को तलाश रही थीं। वह बुदबुदाया—'किधर चला गया वो लड़की, अबी तो इधर ही था।'

आवाज सुनते ही नायाब जान ने अपनी साँसें रोक लीं। 'रोजवेल्ट''' आखिर वह यहाँ भी पहुँच गया'''उसको समझ में आ चुका था कि अब कुछ-न-कुछ अनिष्ट घटने वाला है। घुटनों से खून का रिसाव तेज हो गया था। तूफानी बारिश ऐसी कि रुकने का नाम ही नहीं ले रही थी। दाएँ हाथ की हथेली में भी दर्द बढ़ रहा था। मुँह से दर्द भरी चीख न निकल जाए, इसलिए नायाब जान ने अपने बाएँ हाथ से अपना ही मुँह दबाया हुआ था।

रोजवेल्ट के सिर से भी खून गिर रहा था। उसके भी सिर में तेज दर्द

था। वह जल्द-से-जल्द फैसला कर देना चाहता था। तभी उसकी निगाह सामने दीवार के नीच पड़े खून की तरफ गई। 'इदर ए ब्लड कैसे' उसका दिमाग कौंधने लगा। उसने इधर-उधर नजरें दौड़ाई। हर तरफ मरघट सी शांति पसरी हुई थी। तभी उसकी नजर पड़ी कि वहाँ से कुछ बूँदें सामने वाली गली की तरफ गई हुई हैं।

नायाब जान का दर्द के मारे बुरा हाल था। उसकी धड़कनें तेज हो गई थीं। उसको समझ में आ गया था कि यहाँ अब रुकना खतरे से खाली नहीं होगा। उसने आँखें बंद कीं, लगा कि अपने देवाधिदेव महादेव को याद कर रही हो। अपने अंदर हौसला जुटाया और सामने गली की तरफ दौड़ पड़ी।

'बास्टर्ड' रोजवेल्ट चिल्ला उठा। देखा, सामने वाली गली में लँगड़ाते-लँगड़ाते नायाब जान भाग रही थी। रोजवेल्ट के चेहरे पर एक कुटिल मुसकान आ गई। जैसे कि शिकारी ने शिकार को फँसा लिया हो। 'कहाँ टक भागेगी ये लँगड़ी घोड़ी', वह मुसकराते हुए बुदबुदाया।

नायाब जान की आँखों से आँसू भी इस भयानक बरसात की तरह गिर रहे थे। वह हिम्मत जुटाकर बस दौड़ती जा रही थी। तभी पास के मकान की खिड़की पर बैठे किशुन चाचा ने आवाज लगाई। "अरे बिटिया इधर कहाँ जा रही हो, यह गली तो आगे बंद है।" नायाब जान के कदम ठिठक गए, उसे ऐसा लगा, जैसे उसके नीचे से जमीन ही खिसक गई हो। वो तुरंत रुकी।

"बिटिया तुम्हें तो गहरी चोट लगी है, कितना खून भी बह चुका है। घर आओ, दवा लगवा दूँ।" और उन्होंने अपने घर के अंदर झाँकते

हुए तेजी से आवाज लगाई—"अरे कुसुम बिटिया, जरा नीचे तो आना।" "अभी आई बाबूजी।" घर के ऊपर से आवाज आई।

"नहीं-नहीं चाचा, थोड़ा जल्दी में हूँ...लौटते समय आती हूँ आपके पास।" नायाब जान ने अटकते हुए समझाने का प्रयास किया। "ऐसे कहाँ जाओगी बिटिया... थोड़ी देर घर पर सुस्ता लो...कुछ चाय-नमकीन खाओ, तब तक मेरी बहू कुसुम दवा-पट्टी भी कर देगी तुम्हारी।"

"ओह नहीं चाचा...अभी जल्दी में हूँ...कुछ बहुत जरूरी काम है... कोई मेरी प्रतीक्षा कर रहा है वहाँ...।"

"फिर ऐसा करो बिटिया, ये सामने वाली पतली गली से घूम जाओ। तीस कदम आगे जाने पर एक पीपल का पेड़ है...बस वहीं से दाईं ओर घूम जाना और सामने ही है सिंधिया घाट।"

नायाब जान की आँखों में चमक आ गई। वह जैसे अपना दर्द भूल गई हो। "बहुत-बहुत शुक्रिया चाचा...बहुत-बहुत शुक्रिया।" उसने किशुन चाचा को प्रणाम किया और सामने की गली के अंदर चली गई।

बारिश के कारण लोगों को जहाँ ठिया मिला, वहीं खड़े हो गए थे। इसलिए गलियाँ सूनी-सूनी सी थीं। चारों तरफ अजीब सा सन्नाटा था। अब तो बूटों की आवाजें भी नहीं आ रही थीं। नायाब जान इसी इरादे से कि जल्दी से घाट पहुँच जाऊँ, तेजी से आगे कदम बढ़ा रही थी। इतनी पतली गली कि दो लोग भी ठीक से एक साथ नहीं चल सकते। उसका दर्द बढ़ता जा रहा था। उसे इस पतली गली के तीस कदम तीस मील जैसे लग रहे थे।

आखिर पीपल के पेड़ के पास तक नायाब जान पहुँच गई। थोड़ी

राहत की साँस ली। और तेजी से घाट की ओर घूम गई। अचानक से यह क्या! दिल धक से हो गया। साँसें रुक सी गईं। ठीक सामने रोजवेल्ट खड़ा था। उसने अपनी रायफल की नली नायाब जान के माथे की तरफ तान रखी थी। उसकी आँखों में गुस्सा चरम पर था। हाथों में तनाव था और उसकी उँगली ट्रिगर को कसती जा रही थी।

सामने नायाब जान जड़ सी खड़ी हो गई। ऐसा लग रहा था, जैसे समय रुक सा गया हो। बारिश का पानी उसी तेजी से चेहरे पर गिर रहा था और घुटनों से खून का गिरना बंद ही नहीं हो रहा था।

तभी कान के परदे को फाड़ने जैसा एक तेज धमाका होता है...“ठाँय”... ! पीपल के पेड़ से कबूतरों के झुंड तेजी से आसमान की तरफ उड़ जाते हैं। उनके पंखों की फड़फड़ाहट के शोर ने पूरे वातावरण को और ज्यादा डरावना बना दिया था। धीरे-धीरे उन पक्षियों की आवाज भी मध्यम होने लगी और चारों तरफ फैल गई मौत सी खामोशी।

चलिए, कुछ साल पीछे चलते हैं। यह बात है 1937-38 के आसपास की है।

आज ठठेरी बाजार मोहल्ले में अलग सी हलचल थी। बच्चे से लेकर बूढ़े तक सभी बहुत खुश नजर आ रहे थे। ऐसा लग रहा था, जैसे कोई उत्सव हो। अपनी घोड़ियों पर औचक निरीक्षण कर रहे अंग्रेज सिपाही भी हैरत में थे कि आखिर क्या होने वाला है? मोहल्ले में इतना उत्साह किस बात का!

तभी बच्चों की टोली दौड़ते हुए निकली··· 'किसना भइया आ गए···' 'किसना भइया आ गए···'। ऐसा लगा जैसे पूरे ठठेरी बाजार मोहल्ले में धूम मच गई हो। और हो भी क्यों न! बेहद खुशमिजाज, हँसमुख, मिलनसार, सबको समान रूप से सम्मान देने वाला किसना मोहल्ले की काकी, अम्मा, ताई, काकू, मुन्ना सबकी आँखों का तारा था।

बनारस का युवा रईसजादा कृष्णेंदु किशोर चंद, जिसे घरवाले और बाहरवाले 'किसना भैया' कहकर पुकारते थे। विवाह के कई वर्षों बाद माँ की मन्नतों और पिता की तपस्या का प्रतिफल था किसना। वह एक रसूखदार घराने का इकलौता चिराग तो था ही, साथ ही बनारसी साड़ियों के कई कारखानों का युवा मालिक भी था।

माँ की इच्छा के विरुद्ध पिताजी ने उच्च शिक्षा के लिए अपने वारिस को लंदन के प्रतिष्ठित कॉलेज भेजा था। उस रोज कृष्णेंदु किशोर चंद जब

पढ़ाई पूरी करके लौटा तो पूरा ठठेरी बाजार (पुश्तैनी निवास) में खुशियाँ बिखर उठी थीं।

मैदागिन से जब बग्घी चौक पहुँची तो कृष्णेंदु ने सामने वाली गली की तरफ मुड़ने का इशारा किया। जैसे ही बग्घी ठठेरी बाजार में घुसी कि मोहल्ले के बच्चों की टोली कहाँ रुकने वाली थी। बच्चों की फौज एक-एक कर चढ़ गई उस बग्घी पर। अपने मोहल्ले के बच्चों को देख कृष्णेंदु की खुशी का ठिकाना न रहा। एक साथ उसने सबको अपनी बाँहों में भर लिया। बच्चे भी प्यार से 'किसना भइया आ गए…' 'किसना भइया आ गए…' कहते हुए लिपट गए। 'अरे पप्पू, चिंटू, राधा, गोपी, सरोज, मुन्नी, पिंटू…' कृष्णेंदु नाम लेता ही जा रहा था, बच्चे बग्घी में चढ़ते ही जा रहे थे। 'बच्चो! कैसे हो तुम लोग…' कृष्णेंदु की आँखों में खुशी के आँसू छलक उठे। 'हम सब बिल्कुल अच्छे हैं किसना भइया' सबने एक स्वर में कहा, 'हमारे लिए विलायत से क्या लाए हो?' राधा जिज्ञासावश पूछ बैठी। 'अरे छुटकी, आप सबके लिए बहुत से खिलौने और चॉकलेट लेकर आया हूँ।' उसने अपने बगल में रखे एक बैग को खोला और साथ लाया उपहार बच्चों में लुटाने लगा।

धीरे-धीरे बग्घी कृष्णेंदु की कोठी के सामने पहुँच गई। कृष्णेंदु ने बग्घी का परदा सरकाया और सिर झुकाते हुए बाहर निकला। गोरा-चिट्टा रंग, लंबी-ऊँची कद-काठी, सधे हुए नैन-नक्श का कृष्णेंदु बंद गले के सफेद कुरता और चूड़ीदार पायजामा में राजकुमार सा दिख रहा था। साथ ही उसका अपनी बुद्धिमत्ता, विवेक के साथ बातचीत करने का तौर-तरीका अत्यंत प्रभावी बन चुका था। कोठी में लगभग पूरा मोहल्ला

जुट चुका था। बेहद खुशमिजाज, हँसमुख, मिलनसार, सबको समान रूप से सम्मान देने वाला किसना मोहल्ले की काकी, अम्मा, ताई, काकू, मुन्ना सबकी आँखों का तारा था। सबके लिए लाए हुए उपहार को बाँटता जब कृष्णेंदु घर की दहलीज पर पहुँचा तो ड्योढ़ी पर टीके का थाल लिये माँ खड़ी थी। चार बरस कैसे बिताए अपने जिगर के टुकड़े के बगैर। इन चार सालों में जैसे माँ अधेड़ से बूढ़ी हो गई।

आज उनके लाड़ले की एक अलग ही चमक थी। अपनी आँखों से झर-झर बह रहे खुशी के आँसुओं को अपने पल्लू से पोंछते हुए माँ ने किसना की आरती उतारी, फिर कृष्णेंदु के चौड़े ललाट पर टीका किया और टीके का थाल नंदू काका को थमाते हुए दोनों हाथों से कृष्णेंदु का चेहरा पकड़ा और एकटक निहारने लगी। उसके लिए तो किसना के बगैर बिताए चार बरस सदियों जैसे थे। माँ ने धीरे से कृष्णेंदु के माथे पर ममता भरे भाव से चूम लिया। 'मेरा प्यारी माँ...' किसना ने माँ को कसकर गले से लगा लिया। माँ अपने बच्चे को चूमती रही और दोनों ही फूट-फूटकर रोने लगे। माँ बेटे के इस मिलाप के भावुक दृश्य को देख रहे कृष्णेंदु के पिताजी सेठ कन्हैयालाल किशोर चंद भी भावविह्वल हो उठे। पिताजी को अपनी तरफ आता देख कृष्णेंदु भी उनकी ओर बढ़ा और उस ने झुककर बड़े ही आदर के साथ चरण स्पर्श कर पिताजी से 'यशस्वी भवः' का स्नेहिल आशीर्वाद लिया।

तब तक कोठी के अंदर से बड़ी तेजी से आ रही दादी माँ दिखाई पड़ने लगती हैं। बड़े ही लाड़ से दादी माँ ने अपने प्यारे पोते का वारा-फेरा किया और शगन के सिक्के कृष्णेंदु को न्योछावर करने के बाद घर

का काम करने वाले सेवादारों को देते हुए हुक्म दिया कि वे जल्दी भोजन तैयार करें। अम्माजी प्रसन्नता से बोलने लगीं, 'हमार परिवार के लिए केतन खुसी क दिन हौ। हमार किसना बेटवा आज परदेस से आयल हौ! बेटवा किसना पहिले तनि नहा धो ला फिर आराम से खाना खा लिहा।' अम्मा को बड़े प्यार से गले लगाकर किसना ऊपर मंजिल पर बने अपने कमरे में चला जाता है।

करीने से सजा कमरा। हर प्रकार की सुविधाओं से संपन्न है।

सामने दीवार पर टँगे एक एंटीक फ्रेम के आईने पर उसकी नजर जाती है।

खुद को अपनी नजरों से देखता है और अपनी ही आँखों में दिखती है उसे एक तलाश। क्या है? किसकी है? नहीं पता···लेकिन है···एक अनबुझी पहेली जैसी। कहीं से कोई पुकार रहा हो जैसे। किसी को उसका सदियों से इंतजार रहा हो जैसे। वह कृष्णेंदु या किसना न होकर कोई और ही हो जैसे।

कृष्णेंदु अजीब से इन खयालातों से परेशान हो बिस्तर पर रखे अपने बैग की ओर बढ़ता है। एक कॉपी और कलम निकालकर खिड़की के पास जाता है।

"कौन हो तुम,
दिखती नहीं, महसूस होती हो
कहाँ हो तुम,
हर पल मुझे देख रही हो जैसे
बता ही दो,
इस हाल में रहना है कब तक ऐसे···"

कृष्णेंदु खो जाता है खूबसूरत से स्वप्न में…चारों तरफ कोहरा छाया है…गंगा में अपने आप नाव जलधार में चली जा रही है…कृष्णेंदु अपने प्रिय मित्रों कागज- कलम-दवात के साथ उस वातावरण में रमता जा रहा है…तभी उसे सामने आती नाव में कोई धुँधली सी आकृति दिखाई देती है…बहुत ही सुंदर…स्वप्न परी जैसी। उसका प्रेम उसकी लिखी शायरियों में उतरने लगा। बनारस के खानदानी रईस परिवार की परंपराओं और एकमात्र चिराग होने का स्वाभाविक दबाव ने 'कृष्णेंदु' के भीतर के शायर को 'राज कुँवर' का नाम देकर छुपा रखा है।

"बेटा नहाया कि नहीं?" माँ की आवाज ने कृष्णेंदु को चौकन्ना किया। "जा रहा हूँ माँ" कहते हुए वह गुसलखाने में चला गया।

कुछ ही देर में किसना नहाकर आरामदायक खादी का ढीला सा कुरता-पायजामा पहन बाहर आता है। तभी कोई दरवाजे पर दस्तक होती है…"छोटे मालिक दोपहर का भोजन तैयार है, आप आ जाइए।" बाहर नंदू काका बुलाने आए थे। "चलिए नंदू काका" अपने कमरे की कुंडी लगाकर कृष्णेंदु उनके साथ नीचे उतर जाता है।

रसोईघर के बाहर दलान में बैठकर खाने की व्यवस्था है। छोटे कालीन जैसे आसन बिछे हैं और हर एक के आगे चौखुमटी चौकी रखी है। चौकी पर पीतल की थाली और कटोरी के साथ पीतल के लोटे पानी के लिए सजे हैं। घर के मर्दों के पहले खाने के रिवाज में औरतें खाना परोसने की प्रक्रिया में व्यस्त हो जाती हैं।

'आज कितने सालों बाद बाप-बेटा एक साथ खाने बैठे हैं। पता नहीं चार सालों में मेरा बेटा ठीक से भोजन करता था भी या नहीं। मुझे तो हर

समय बस इसी बात की चिंता खाए जाती थी।' अम्माजी हाथ का पंखा झलते हुए आँखों में इस दृश्य को भर लेना चाह रही हैं। घर की कामवाली सहायिकाएँ इधर-उधर भागती हुई भोजन में कोई कमी न रह जाए, इस बात का ध्यान रख रही हैं। माँ सरिता देवी ने आज अपने हाथों से सारा खाना बनाया है। किसना के पसंद की भूने बैंगन की भाजी और खास मखाने की खीर भी।

"अरे, और लो न बचवा, ठीक से खाओ।" अम्माजी बीच-बीच में किसना से कहती जा रही हैं।

"अरे नहीं-नहीं···अम्मा, बस हो गया अम्मा, अब जगह नहीं बची है पेट में।"

"कितना थोड़ा सा भोजन किया। देखो, बिलायत से कैसे दुबलाकर आया है हमरा बचवा। घर के जैसा खाना कहाँ मिल रहा होगा वहाँ।"

"अच्छा कन्हैया (सेठ कन्हैयालाल किशोर चंद) सुना, तई संझा के राजेंदर (राजेंद्र पन्नालाल) के परिवार का खाना बोल दिहा। अऊर हाँ अपनी पद्‌मादेवी बिटिया के आवे के लिए जरूर कह दिए।" "अच्छा अम्मा बोल देब।" कहते हुए आँगन के कोने में खड़े नौकर के पास हाथ धोने चल देते हैं कन्हैयालाल।

पद्‌मा यानी पद्‌मादेवी।

यथा नाम तथा गुण।

ईश्वर की अनुपम कृति पद्‌मादेवी।

हमारे नायक कृष्णेंदु-किशोर-चंद के पिताजी सेठ कन्हैया-लाल-किशोर-चंद के परम मित्र राजेंद्र पन्नालाल, हीरे-जवाहरात का

खानदानी व्यापार''बनारस के बड़े रईसों में से एक की सुयोग्य सुपत्री थी पद्मा।

कृष्णेंदु और पद्मादेवी का विवाह उस समय की प्रथा के अनुसार बालपन में ही पूरे रीति-रिवाज के साथ कर दिया गया था। पद्मादेवी के पिता राजेंद्र जहाँ अपनी पुत्री का कन्यादान कर पुण्य के भागी बन गए थे, वहीं ऐसी रूपमती, गुणवान, उच्चवर्ण बहू पाकर सेठ कन्हैयालाल का पूरा परिवार निहाल था।

कृष्णेंदु के विलायत से पढ़ाई कर लौटने पर गौना करने की बात पर दोनों परिवारों में रजामंदी (सहर्ष स्वीकृति) थी।

बचपन से ही किसना (कृष्णेंदु) के साथ खेलकर बड़ी हुई पद्मादेवी, प्यार से जिसे सब पद्मा पुकारते थे, के लिए किसना की छवि मन में बाल सखा से जीवन साथी तक की बसी हुई थी। बचपन की तकरार और नोक-झोंक के साथ ही युवा होती पद्मादेवी के हृदय में प्रेम का पहला भाव भी किसना के लिए ही जागृत हुआ।

गोल सा गोरा मुखड़ा, उस पर बड़ी-बड़ी आँखें, सौम्यता से ओतप्रोत संपूर्ण व्यक्तित्व। मर्यादित आचरण और आज्ञाकारी स्वभाव लिए पद्मा दोनों परिवारों की सर्वप्रिया थी।

जितनी जल्दी किसना की माँ और दादी अम्माजी को बहुरिया घर लाने की थी, उससे कहीं ज्यादा प्रतीक्षा पद्मा को सखा से साजन बने किसना के पास जीवनसंगिनी बनकर उसके घर आ जाने की थी।

इधर 'पद्मा' नाम सुनते ही किसना के चेहरे पर आई दबी सी मुसकान को ताड़ लिया था दादी अम्माजी ने।

"अरी बहुरिया ..."

"जी, अम्माजी..."

"संझा के खाने का इंतजाम देख लिहा। नंदू के भेज के मघई पान जरूर मँगवा लियो, हमार राजेंदर के बहुत पसंद हौ।"

"जी, अम्माजी..."

सरिता देवी ने आज सालों बाद अपने बेटे को आँखों के सामने खाते देखा है, आज वह भी मन भर भोजन करेगी।

शाम होते ही घर पर मेहमानों (समधियों) के स्वागत-सत्कार की तैयारियाँ जोर पकड़ने लगीं। तय समय पर पन्नालाल परिवार, जिसमें राजेंद्र, उनकी धर्मपत्नी शकुंतला देवी, सुपुत्री पद्मा और 11 वर्षीय बेटा सुभाष (नेताजी से प्रेरित हैं राजेंद्र बाबू) पधार गए।

नाना प्रकार की मिठाइयों के डब्बे और उपहारों से कन्हैयालाल का घर भर गया।

"अरे मित्र, ये सब क्या-क्या ले आए...इस सब की क्या जरूरत थी!"

मित्र को उलाहना देते हुए कन्हैया ने कहा तो राजेंद्र ने अपना चरण स्पर्श कर रहे कृष्णेंदु को गले लगाते हुए गर्व से उत्तर दिया, "अरे हमार

बेटवा विलायत से पढ़कर लौटा है। पूरे बनारस में हमारी शान बढ़ गई तो खुशी में क्या मोहल्ले भर में मिठाई बँटवाने का हक नहीं है हमारा।"

हँसी-खुशी के माहौल में नजरें चुराकर अपने किसना को देखती हुई पद्मा अम्माजी की पारखी नजरों से न बच सकी।

आपस में दोनों परिवार हँसी-मजाक और बातचीत में जुट गए।

तभी दादी माँ ने आवाज लगाई। "चलो-चलो, सब भोजन करने बैठो···खाना ठंडा हो रहा है।"

"और सुनाओ बेटा किशनेंदु, कैसा लगा विलायत?" भोजन के साथ-साथ बातचीत का दौर चलता जा रहा था। ऐसा लग रहा था, बहुत कुछ बोलना है आज तो। "चाचाजी, सब बहुत अच्छा था। सच तो है कि आजाद देश अपने हिसाब से चलते हैं और हम जैसे गुलाम देश में हमें हुक्मरानों के हिसाब से रहना पड़ता है। यह अंतर बहुत बड़ा है।"

"यह तो बात ठीक कही तुमने बेटा। देखो, नेताजी ने तो आंदोलन को गति दे दी है। महादेव ने चाहा तो जल्दी ही हमारा देश भी स्वतंत्र हो जाएगा।"

"जी, चाचाजी···"

"थोड़ी सब्जी और दूँ···"

मीठी सी आवाज में सामने झुककर सब्जी परोसती पद्मा पर पहली दृष्टि पड़ी कृष्णेंदु की। विदेश से आने के बाद पहली बार देख रहा था अपने बचपन के साथी को। कृष्णेंदु मन-ही-मन मुसकराते हुए सोचने लगा, 'चार साल में ही कैसे बच्ची से नवयौवना हो गई है पद्मा।'

भोजन के बाद पुरुष वर्ग बैठक में पान खाने और बतियाने लगा।

औरतें रसोई समेट रही थीं कि अम्माजी ने शकुंतला से कहा, "कल दिन में जरा पद्मा को भेज दीजो···कचरी-पापड़ सुखाने हैं···लड़की के रहने से काम हलका हो जावेगा।"

"हाँ···जरूर अम्माजी···"

"पद्मा समय से आ जाना, समझी मेरी लाडो···"

"जी, माँ···मैं आ जाऊँगी।"

अम्माजी मन-ही-मन मुसकाईं।

दूसरे दिन का दूसरा पहर···अचानक ठठेरी बाजार कोठी में दस्तक हुई। कृष्णेंदु की माँ ने दरवाजा खोला।

"अरे, पद्मा बिटिया, इतनी धूप में आ गई।"

सरिता देवी ने लाड़ लगाते हुए छुईमुई सी पद्मा के लाल होते हुए गालों को देखकर पूछा।

"जी, चाचीजी, वो अम्माजी ने कहा था, समय से आने के लिए।"

"आ गई मेरी लाडो···"

अम्माजी ने पद्मा की आवाज अपने कमरे से ही सुन ली थी।

झट अम्माजी के पैर छूने आगे बढ़ी पद्मा को अम्माजी ने निर्देशित किया।

"जा जल्दी छत पर पापड़ सूखने डाले हैं। ध्यान रखियो चिड़िया न चुगने लगें। सूख जावें तब नंदू को बुला लीजो। उतार लावेगा।"

"जी, अम्माजी···"

कहकर पद्मा सीढ़ियों से चढ़ते हुए छत पर पहुँची।

जमीन पर चार चटाइयों पर कचरी-पापड़ सूखने डाले गए थे, जिनकी निगरानी का काम पद्मा को अम्माजी ने दिया था।

हालाँकि सरिता देवी को यह बात अच्छी नहीं लगी कि धूप में पद्मा को अम्माजी ने छत पर भेज दिया। अरे, इतने नौकर-चाकर किस दिन के लिए हैं?··· लेकिन किसी की क्या मजाल जो अम्माजी के कहे पर सवाल

करे। सो मन मसोसकर सरिता देवी अपने कमरे में चली गईं।

चटाई के पास रखी चौकी पर पद्मा बैठ गई। तभी उसका ध्यान गया कृष्णेंदु के कक्ष के किवाड़ पर। जेठ की तपती दोपहर को लू (गरम हवा का झोंका) चली और हलका उड़का दरवाजा पूरा खुल गया। खिड़की के पल्ले भी तेजी से खुलने बंद होने लगे। तभी कुछ पन्ने उड़कर पद्मा के पास आ गए।

"कौन हो तुम
दिखती नहीं, महसूस होती हो
कहाँ हो तुम,
हर पल मुझे देख रही हो जैसे
बता ही दो,
इस हाल में रहना है कब तक ऐसे…"

—राज कुँवर

हैरत से पढ़ गई पद्मा।

उधर कमरे में अचानक आए इस गरम हवा के झोंके से बिखर गए कागजों को समेटता कृष्णेंदु जैसे ही किवाड़ बंद करने पहुँचा, सामने खड़ी पद्मा पर उसकी नजर पड़ी।

वह उसके हाथ में कागज देख सकपका गया।

पद्मा की लजाती आँखें शरारती होने लगीं।

पास आकर कहा किसना ने—

"ला वापस दे…"

दोनों हाथों से पकड़कर पीछे की ओर छुपाते हुए नखरे से पद्‌मा ने कहा, "जाओ···नहीं दूँगी।"

किसना को और पास आते देख पद्‌मा दौड़ पड़ी···वैसे ही जैसे बचपन में इसी छत पर छुपम-छुपाई खेलते हुए दौड़ती थी। पीछे-पीछे किसना भी दौड़ पड़ा।

छत के कोने-कोने से वाकिफ पद्‌मा को पकड़ना किसना के लिए मुश्किल था।

उसने चाल चली···"पद्‌म आ जाओ, नहीं तो मैं पापड़ बिखेर दूँगा··· फिर खाना तुम अम्माजी की डाँट···"

अम्माजी का नाम सुनते ही सहम गई पद्‌मा, उसे किसना के मुख से उसे 'पद्‌म' कहना भी सुहा रहा था।

"नहीं···ऐसा मत कर किसना, मैं आ रही हूँ।"

धीमे-धीमे कदमों से चुलबुली आँखें और मुँह पर झूठ का गुस्सा लिए पद्‌मा किसना के पास आई।

बिना कुछ कहे रुआब के साथ किसना ने हाथ बढ़ाया। इशारा था कि कागज उसे दे दिया जाए।

पद्‌मा भी कम शरारती नहीं थी।

कागज पकड़ाते हुए कहा, "अच्छा जी, तो ये पढ़ने गए थे विलायत?"

"वैसे ये 'राज कुँवर' कौन है?"

"देखो पद्‌म, हर बात मजाक की नहीं होती।"

"उफ्फ···ओ हो कृष्णेंदु बाबू को गुस्सा भी आता है।"

और जोर से हँस पड़ी पद्मा।

जानती थी बचपन से ही किसना को चिढ़ाना कितना भाता है उसे।

यह भी पता था कि किसना को वह चाहे जितना सता ले, लेकिन किसना उससे कभी नहीं झगड़ता। हाँ, रूठकर बात करना जरूर छोड़ देता है, लेकिन पद्मा भी उसे जल्दी मना ही लेती है।

नंदू काका छत पर आ गए थे। उन्हें सामने देख किसना और पद्मा गंभीर मुद्रा में आ गए।

"वो अम्माजी भेजी हैं, पापड़ उतारने को।"

"हाँ, काका, आप उतार लीजिए, मैं नीचे जाती हूँ।"

तिरछी नजरें किसना पर डालती हुई सीढ़ियों की तरफ बढ़ गई पद्मा।

कृष्णेंदु भी अपने कमरे में जाकर दरवाजे की कुंडी लगा वापस मेज-कुरसी पर बैठ लिखने लगता है। उसे हमेशा से ही कविताएँ लिखने में बेहद रुचि रही। पिताजी नाराज न हो जाएँ, इसलिए वह गुप्त रूप से एक छद्म नाम 'राज कुँवर' से रचनाएँ गढ़ता था।

अगले दिन सुबह-सुबह ही घर पर पंडितजी का आगमन हुआ। पोथी-पत्रा लिये बनारस के प्रकांड पंडित राजेश्वर उपाध्यायजी को आसन पर बैठाया गया। उनके चरण स्पर्श करते हुए कन्हैयालाल सपत्नीक हाथ जोड़ बैठ गए। फल और मीठे की थालियाँ सामने रखी गईं। गाय का ताजा औटाया हुआ गरम केसर दूध चाँदी के बड़े गिलास में परोसा गया।

अम्माजी ने बात शुरू की, "पंडितजी बाबा बिस्वनाथ की किरपा से लईका विलायत से सकुसल पढ़कर वापस आ गया है।"

"एनकर बियाह आप ही करवाए रहला, बाकि गवनवा भी आप ही के कराए के हौ।"

"कवनो अच्छी सी तिथि तय कर दिहा।"

"देखिए माताजी…कैसा सुंदर संयोग है, बस दस दिन बाद ही अति उत्तम तिथि पड़ रही है…उसके बाद ग्रहण लग रहा है…मैं तो देख रहा हूँ कि ऐसा शुभ महुरत फिर साल भर नहीं मिलने वाला।"

"बस दस दिन?" सरिता देवी ने चौंककर पूछा तो अम्माजी ने घूरती नजरों से देखा बहू को।

सरिता ने झट अपना सिर झुका लिया।

अम्माजी ने अगले ही पल ऐलान कर दिया, "ओ कन्हैया, तनि सँदेसा भेज दे राजेंदर बाबू के…दस दिने बाद गवना होई, अऊर ऊ ऐहिसन होई के समूचा बनारस देखते रह जाई।"

पंडितजी को शनील की थैली में भरकर सोने की गिन्नियाँ देते हुए अम्माजी की खुशी देखने लायक थी।

बूढ़ी आँखों की चमक बढ़ गई थी। पोले से गाल मुसकरा रहे थे।

कोठी में हर्ष और उल्लास का वातावरण आरंभ हो चुका था।

दोपहर में डाकखाने से लौटे कृष्णेंदु को भोजन के बाद कन्हैयालाल ने बैठक में बुलाया।

"जी पिताजी…"

"आओ किसना, यहाँ बैठो बेटा।"

"तुमने विलायत से पढ़ाई कर मेरा सपना साकार कर दिया है। तुम्हारी माँ और मैंने ने बड़ी मन्नतों के बाद महादेव की कृपा से तुम्हें पाया है। तुम्हारे जैसा बेटा नसीब वालों को मिलता है। अब तो बस एक ही इच्छा बाकी है। तेरा घर बस जाए…"

"पद्मा बहुत प्यारी बच्ची है। तुम दोनों के ब्याह को आठ साल हो गए। अब समय आ गया है कि बहू के रूप में पद्मा हमारे घर आ जाए।"

"आज पंडितजी आए थे। उन्होंने दस दिन बाद की तिथि निर्धारित की है गौने की। कल से ही तैयारी करनी है।"

सिर झुकाए चुपचाप सुनता रहा कृष्णेंदु। फिर पिताजी का चरण स्पर्श करने को हुआ। पिता ने खुशी से गले लगाकर आशीर्वाद दिया, "सदा सुखी रहो।"

किसी से बिना कुछ कहे कृष्णेंदु अपने कमरे में आ गया।

अपने कमरे की ओट से माँ सरिता देवी कृष्णेंदु की मध्यम चाल देख कुछ सोच में पड़ने वाली ही थीं कि कन्हैयालाल की आवाज 'अरे नंदू, गरम पानी देना…' ने ध्यान उस ओर खींच लिया।

सेठ कन्हैयालाल किशोर चंद की पुश्तैनी हवेली में गौने की तैयारियाँ जोर-शोर से की जाने लगीं। आठ साल पहले विश्वनाथ मंदिर में विधि-विधान से ब्याह हुआ था कृष्णेंदु और पद्मा का। अब गौना पूरे रीति-रिवाज, शान-ओ-शौकत और भव्यता के साथ किया जाएगा।

अम्माजी तो पोते के गौने को लेकर अति उत्साहित थीं। सरिता देवी भी अपनी इकलौती बहू के स्वागत में कोई कसर नहीं छोड़ना चाहती थीं। कन्हैयालाल ने झट न्योते बनवाने दे दिए। 'ऐसा भव्य आयोजन होगा कि पूरा बनारस याद रखेगा··· आखिर एक ही तो बेटा है मेरा।'

उधर संदेशा मिलते ही राजेंद्र पन्नालाल के घर भी उत्साह और उमंग का माहौल था। माँ शकुंतला अपनी लाड़ली के उज्ज्वल भविष्य के प्रति निश्चिंत थी। "ऐसा सलोना दामाद और सामाजिक प्रतिष्ठा के साथ देखा-सुना परिवार मिला है। सच, कितनी भाग्यवान है मेरी पद्मा। बलिहारी जाऊँ।"

पद्मा के चेहरे की रंगत तो जैसे और निखरती ही जा रही थी।

साड़ियों के गट्ठर लिये बनारस के नामी बुनकर आँगन में इकट्ठे होने लगे। एक से बढ़कर एक कारीगरी की बनारसी साड़ियाँ कतान, कोरा, तनछुई, जामदानी, जर्दोजी आँगन में बिखेर दी गईं। इतनी सुंदर कि सभी ले लेने का मन कर जाए। पद्मा के ऊपर जो सबसे ज्यादा जँचे, ऐसी सोने और चाँदी के तार से की गई कारीगरी वाली खास नायाब साड़ियाँ पसंद की जाने लगीं।

राजेंद्र पन्नालाल का स्वयं हीरे-जवाहरात का पुराना काम था, सो जेवर-गहनों के लिए कहीं बाहर नहीं देखना पड़ा। घर की औरतें सारा

दिन बस इसी सब में तैयारियों में व्यस्त हो चुकी थीं।

दोनों कोठियों के रंग-रोगन का काम भी तेजी से शुरू हुआ। बाहरी दीवारों पर बनारस की मसबरी चित्रकला उकेरी जाने लगी। हाथी-महावत, घोड़े, मछली वाली, केले के पत्ते, कोतवाल और किवाड़ के ऊपर रिद्धी-सिद्धी सहित विराजमान गणेशजी। सारे शुभ चिह्न और कृतियाँ प्रसिद्ध लोक चित्रकार मदन मोहन के दिशा-निर्देशन में सिद्ध कलाकारों द्वारा बनाए जा रहे थे।

खाने की व्यवस्था के लिए झिंगाटु साउ को नियुक्त किया गया था। केशव भइए से बनारसी पान की विशेष चौकी लगाने की बात हो गई थी। एक परिवार 'राजबंधु' तो दूसरा 'रसवंती' से बढ़िया-से-बढ़िया मिठाइयों के लिए ऑर्डर दे चुका था।

इन सब तैयारियों के बीच कृष्णेंदु का ज्यादा वक्त छत पर बने अपने कमरे में लिखते हुए बीता रहा था। एक-एक दिन गुजर रहा था और तीन दिन पहले से रस्में शुरू हो गईं।

हल्दी-मेहँदी की रस्म चल ही रही थी कि किसना का बचपन का दोस्त लाखन हवेली पर आया। उसे देखते ही किसना के चेहरे पर भी मुसकराहट तैर गई और याद आने लगीं बचपन की वे बातें। लाखन बेहद शरारती हुआ करता था। छत पर पतंगबाजी करना, कंचे-गोटियाँ खेलना, बात-बात में तुनकमिजाजी। पढ़ाई-लिखाई में तो लाखन का मन बिल्कुल भी नहीं लगता था। बचपन से ही किसना के पिताजी को लाखन एक आँख नहीं सुहाता था। यही कारण था कि पक्के माहाल के अपने घर की खिड़की, जो किसना के कमरे की खिड़की के ठीक सामने खुलती

थी, वहाँ से लाखन इशारे से किसना से पूछता रहता कि पिताजी गए तो मैं आऊँ। किसना के घर की ऊँची छत से पतंग उड़ाने का मजा ही कुछ और था। जैसे ही किसना बताता कि पिताजी कारखाने गए, वैसे ही नंगे पैर दौड़ आता था लाखन। उसे देखते ही अम्माजी डपटतीं। 'मुए! फिर पैर धूल···गोबर सानकर आया है···पूरा घर महकाएगा···'

लेकिन सरिता देवी को लाखन बहुत प्यारा लगता। आखिर एक ही तो दोस्त है उसके अंतर्मुखी बेटे किसना का। अम्मा की निगाहों से बचाकर वे उसे खूब खिलाती-पिलाती। लाखन भी 'चाचीजी-चाचीजी' कहकर आगे-पीछे लगा रहता और मोहल्ले भर की कहानियाँ सरिता को सुनाकर हँसाता रहता।

शाम में सेठजी के आने से पहले ही लाखन निकल लेता।

चार साल पहले विलायत जाने पर आखिरी बार मिला था किसना लाखन से। गले मिलकर जल्दी आने को कह आँखों के आँसू पोंछते हुए लाखन ने कानों में चुटकी लेते हुए कहा था, 'कोई गोरी मेम मत ले आइयो' और फिर जोर से हँस पड़ा।

गली के मोड़ पर अपनी सखियों के साथ चूड़ियाँ खरीदने के बहाने से आई पद्मा ने भी तो चोरी से सबसे आँखें बचाकर एक नजर उसे देख लिया था।

"कितना कुछ सामान ले आया लाखन।"

"कैसा है रे!"

"तू तो सबको भूल गया विलायत जाकर।"

"अरे लाखन बेटा···" सरिता देवी ने देखते ही राहत भरी साँस ली,

"अच्छा हुआ तू आ गया। किसना को ले जा जरा ऊपर कमरे में। यह लोटा गंगाजल उसके नहाने के पानी में मिला दीजो।"

"जी, चाची जी···"

किसना ने साथ चल रहे लाखन से कहा, "आते ही यह सब शुरू हो गया। मौका ही नहीं मिला तुझसे मिलने का। अच्छा किया तू घर आ गया।"

लाखन जानता था, किसना को झूठी बातें बनानी नहीं आती। जो दिल में है, वही जबान पर, इसलिए उसे अपने बचपन के मित्र से कोई गिला-शिकवा नहीं था।

अगले दिन शाम को संगीत की महफिल सजी थी। बनारस घराने के ख्यातिलब्ध उस्ताद गायक और वादक एक से बढ़कर गायिकी के रंग बिखेर रहे थे।

किसना ने लाखन से कहा, "यार, अब तो तुम पराए होने जा रहे हो। एक शाम तो दोस्तों के साथ बिता लो, फिर तो हमारा तुम पर और तुम्हारे दिन, शाम और रात पर कोई अधिकार न रह जाएगा।"

लाग-लपेट करने में माहिर लाखन की बात किसना टाल न सका। उसने वादा कर दिया, "चल ठीक है। कल की शाम बस तेरे नाम।"

"यह हुई न बात···"

उत्साह में कुछ ज्यादा ही जोर से बोल पड़ा था लाखन।

सेठ कन्हैयालाल की तरेरती नजरें उस पर जैसे ही पड़ीं, एक बच्चे जैसा सहम गया वह। उसकी इसी मासूमियत पर तो किसना को प्यार आता है। कितना भी लंपट हो, लाखन पर दिल का बहुत साफ है।

गौने को अब बस एक दिन और रह गया था। आज सुबह से ही घर पर ढोलकी लिए लोक कलाकार और घर-परिवार की औरतें मंगल गान कर रही हैं। पूरी हवेली महिलाओं के कहकहों से गूँज रही थी।

शाम होते ही लाखन आ गया, "अरे किसना, तैयार नहीं हुए। जल्दी कर चलना है न। तूने वादा किया था कि आज की शाम बस मेरे नाम रहेगी।"

"वह तो ठीक है···लेकिन जाना कहाँ है, यह तो बता।"

बिस्तर पर अंदाज से लेटते हुए लाखन ने कहा, "स्वर्ग में···"

"हा-हा-हा कितना बावरा है लाखन, क्यों अभी से स्वर्गवासी बना रहा है।" किसना मुसकरा दिया।

"चल, थोड़ा इंतजार कर, आता हूँ मैं।"

कमरे के साथ लगी कोठरी से माढ़ लगे लकदक सफेद कुरता-पाजामे, काली मोजरी पहने और सिर पर दुपलिया टोपी सजाए जब किसना कमरे में आया तो लाखन उसे एकटक देखता ही रह गया।

"ओहो···मार डाला···"

"वाह! मेरे बनारसी बाबू!"

"चलिए, आज तो आपका दिन है···पक्का आप कहर ढाएँगे।"

और दोनों गलियों से गुजरते हुए पहुँचे 'चौक चौराहा'।

लाखन ने नारायण दास के यहाँ से एक मधुमयी खुशबू वाला इत्र खरीदा और कृष्णेंदु और अपनी कलाई पर लगा लिया। वहीं फूल मंडी से मोगरे के गजरे लिए और चार-चार गजरों की लच्छी बनाकर किसना के और अपने हाथ में लपेट दी।

किसना हैरत भरी नजरों से यह सब करते हुए लाखन को देख रहा था। बोला कुछ नहीं, क्योंकि वादा था कि आज की शाम उसके नाम है, वह जो चाहे कर ले।

"अब चलिए हुजूर, आपको ले चलते हैं वहाँ, जहाँ का नशा ऐसा चढ़ता है कि साँसे थम जाएँ, लेकिन खुमारी कम न हो।"

'यह लाखन भी न, कहाँ से सोचता है ऐसी बातें···' मन-ही-मन हँस दिए सेठ कृष्णेंदु किशोर चंद उर्फ किसना।

दालमंडी की गली में कदम रखते ही शहनाई और सारंगी की स्वर लहरियाँ कानों में रस घोलने लगीं। कृष्णेंदु को सहसा एक-एक पग ऐसा लगने लगा, जैसे वह खुद नहीं चल रहा···कोई जादू उसे अपनी तरफ खींचे जा रहा हो। अजीब सा एक आकर्षण महसूस हुआ उसे। उसने लाखन की ओर देखा। वह अपनी मस्ती में चल रहा था। उसके चेहरे पर तो कोई असामान्य भाव नहीं था, फिर उसे क्यों कुछ अलग सा लग रहा था।

हवा का एक झोंका उसे छूकर गुजरा···अरे यह खुशबू···यह तो वो ही खुशबू है, जिसे सालों से वह महसूस करता आया है।

"ये लाखन मुझे कहाँ लिए जा रहा है?"

"ये क्या जगह है?"

"मेरे कदम किस मंजिल की ओर बढ़ रहे हैं?"

एक बेहद सुंदर नक्काशीदार कोठे के पास लाखन रुक गया। कृष्णेंदु की भी साँस जैसे एक पल को रुक गई।

"किसना, चल ऊपर चलें।"

अचानक कानों में एक तान, एक सुर, एक आवाज सुनाई दी··· 'आ आ आ आ आ···' जैसे कोई उसे ही बुला रहा हो।

"यह तो वही आवाज···नहीं···यह कैसे हो सकता है।"

"यह जादुई आवाज यहाँ कैसे आ सकती है।"

"यह तो वही सुरमय कंठ है, जिसने मुझे कितनी रातें बेचैन किया है। कितनी बार चौंककर उठ जाता था मैं···"

"सेठ कृष्णेंदुजी महाराज ऊपर चलेंगे भी या यहीं ड्योढ़ी पर खड़े-खड़े पूरी शाम बिताने का इरादा है।"

खयालों में गुम हो चुके किसना को लाखन ने मजाकिया लहजे से सामान्य करने का प्रयास किया।

बड़े-बड़े खंबों के बीच बड़ा सा दलान···

झाड़-फानूस और तरह-तरह की रोशनियों से सजा वह दयार, जिसे 'जद्दनबाई का कोठा' कहा जाता है।

इस कोठे में आमद होती है केवल खांटी बनारसी रईसों की। चारों ओर बिछे महँगे कालीन और दूधिया चाँदनी—मसनद के साथ हुक्के··· कोठे के वैभव को सहज ही बयाँ कर रहे थे।

लेकिन कृष्णेंदु तो ठहर सा गया था। उसे उस कोठे के वैभव को देखने का होश कहाँ था। वह तो जिस तिलिस्मी आवाज का पीछा कर रहा था···यह तिलिस्मी आवाज किसकी हो सकती है···अनेक सवालों में उलझता बस उस परी के एक दीदार को दीवाना हुआ जा रहा था कृष्णेंदु।

झिलमिल दुपट्टे से मुख ढाँके कोई मूरत सी थोड़ी दूर पर बैठी गाए जा रही थी···

"बैरी पिया आवे न हमरे आँगन,
बीत गए रे सखी कितने सावन···"

ऐसे लग रहा था, जैसे वह अप्सरा उसके लिए ही गाना गा रही हो···

कितने सावन, सच ही तो हैं, जाने कितने सावन इस आवाज ने तड़पाया है उसे···उसकी नींद, उसका चैन, उसका करार सब कैसे खो जाता था, जब यह आवाज उसके कानों में पड़ती थी···

"कौन हो तुम···?"

लगा जैसे चीख पड़ेगा वह···

सहसा एक अनुभवी पारखी की नजरें पड़ी कृष्णेंदु पर।

गाने वाली को गाना रोकने का इशारा किया जद्दनबाई ने।

आखिरी की तिहाई पूरी करते हुए उसने ठुमरी को खत्म किया।

और सलाम करते हुए भीतर के अहाते में चली गई।

कृष्णेंदु की आँखों ने आखिरी परदे की ओट तक पीछा किया उसका।

"और बताओ लाखन साहब, बड़े दिनों बाद दिखाई दिए।"

इशारे से जद्दनबाई ने अपने पास बुलाया। कृष्णेंदु भी लाखन के पीछे-पीछे साथ चल दिया।

"वो व्यापार के सिलसिले में कोलकाता गया था, बाईजी। अभी दो रोज पहले ही लौटा हूँ।"

"अच्छा···ये साहबज्यादे कौन हैं?"

"पहले तो कभी नहीं देखा इन्हें।"

"ये हमारे बचपन के दोस्त है कृष्णेंदु। बनारस के रसूखदार सेठ

कन्हैयालाल के इकलौते चश्मे चिराग। विलायत गए थे पढ़ाई करने। कल ब्याह है इनका, सो हम ही पकड़कर ले आए इन्हें कि अपने यार की शादी के पहले इनकी शान में नायाब जान बानो का मुजरा देखा जाए।"

"···मुँहमाँगी कीमत पर।"

"लाखन साहब, सोचा तो आपने अच्छा है, लेकिन क्या है न···आज तक बनारस में ऐसा कोई रईस नहीं हुआ, जो नायाब जान बानो की कीमत लगा सके।"

"फिर भी हम आपके एहसास की कद्र करते हैं, इसलिए आपके दोस्त की शादी की बधाई के रूप में हमारी ओर से नायाब जान बानो का आज का मुजरा इस नाचीज का तोहफा समझिएगा।"

जद्दनबाई की खुद्दारी से भरी बातें सुनता ही रह गया कृष्णेंदु। क्या ठसक थी बाई में, क्या रुआब, क्या सलीका!

बाईजी ने संगत में बैठे उस्तादजी को इशारा किया कि नायाब जान बानो के मुजरे की तैयारी की जाए।

नायाब जान···

साक्षात् देवी सा स्वरूप है

धवल, श्वेतवर्ण, चाँदनी सी शीतलता लिया हुआ···

केश कारे लंबे-घुंघराले, जिनमें उलझकर जीवन की हर उलझन को सुलझाया जा सकता है।

आँखें ऐसी अथाह गहरी जैसे कितने सागर हों समेटी, जिनमें आशिकों को बस डूब ही जाने को जी करता है···

होंठ नर्म गुलाब की पँखुड़ियों से···जो ओस की बूँद से हर पल भींगे-भींगे से रहते हैं···

देखने वाले को बस उस एक बूँद को पी लेने की ऐसी प्यास जगती है, जैसे देवताओं और दैत्यों में अमृत चखने की लालसा···

खजुराहो की मूर्तियों जैसा तराशा हुआ बदन···वक्ष की उठान से लेकर कमनीय कमर की कटान तक···कलाई की नजाकत से लेकर पैरों की बनावट तक···एक-एक अंग सौंदर्य के मानक स्थापित करता हुआ···

उस प्रतिमा में लहू की लालिमा रंगत भरती है और जीवंत हो उठती ईश्वर रूपी कलाकार की कल्पना, जिसे वह अपनी सर्वश्रेष्ठ कृति की तरह बहुत स्नेह और सम्मान के साथ रखता है।

रंग-रूप-लावण्य में तो नायाब जान धरती का नूर है ही, साथ में ज्ञान और गुण की खान भी है···

गायन और नर्तन में पारंगत नायाब जान शब्दों के गहरे मर्म को समझने की काबिलीयत रखती है। एक दृष्टि में सामने वाले को भीतर तक जान लेने का हुनर उसे विलक्षण बनाता है।

रोज 'अंजोर' (भोर) में गंगा दर्शन एवं स्नान को जाती नायाब जान उजियारा होने से पहले लौट आती है वहाँ, जहाँ इस देवी स्वरूपा की प्राण प्रतिष्ठा हुई है।

~❖~

'ओह! तो 'नायाब जान' नाम है इस स्वप्न सुंदरी का···' कृष्णेंदु के अंदर छुपे 'राज कुँवर' की बेचैनी बढ़ती जा रही थी। बाईजी ने सेवादार से मदिरा परोसने को कहा। सेठ कृष्णेंदु के इनकार करने पर लाखन ने कहा, "ये कोई नशा नहीं करते। शरीफजादे हैं···चलिए इनके हिस्से का आप हमें ही दे दें।" आँखों की चमक और तेज हो गई थी मदिरा देखकर लाखन की।

बाईजी ने पान का बीड़ा बढ़ा दिया कृष्णेंदु की ओर। बड़े संकोच से एक गिलौरी उठा ली उसने। बाईजी खुद किसी को पान थमाए, ऐसा होता नहीं था, इसलिए सेवादार को थोड़ी हैरत हुई।

कुछ पल के सन्नाटे को तोड़ती घुँघरुओं के छम-छम की आंवाज··· पहनने वाली के कदमों की लय के साथ ताल बैठाते हुए घुँघरू जैसे पूरा का पूरा संगीत चला आ रहा हो···

किसी कलाकार को संगीत का इनसानी रूप बनाना हो अगर तो श्वेत धवल वस्त्रधारी चलती आ रही इस प्रतिमूर्ति को चित्रित कर ले।

'राज कुँवर' ने ऐसी कशिश, ऐसा खिंचाव पहले कभी महसूस नहीं किया था।

इतने साल विलायत में अर्धनग्न सी घूमती स्त्रियों को कभी नजर उठाकर देखा तक नहीं। कितनी ही महिला सहपाठियों ने उसकी नजदीकी चाही, पर किसी के प्रति उसके मन में कोई भाव जागा ही नहीं। पद्‌मा भी

अभी तक एक दोस्त के रूप में ही उसके स्नेह का पात्र थी।

'कौन है यह 'नायाब जान?'

पास आते ही मुखड़े से अंदाज में घूँघट उठाते हुए ऐसी अदा से आदाब किया उसने कि 'राज कुंवर' के दिल की धड़कन मानो रुक सी गई।

नायाब जान को पहली नजर देखते ही 'राज कुंवर' को अपनी सारी कल्पनाएँ, गीत, कविताएँ, शायरियाँ, नज्म सब साकार रूप में दिखने लगीं।

'उफ्फ···! यह क्या हो रहा है···'

घेरदार लिबाज फैलाकर नायाब जान बानो एक पैर मोड़कर हाथ की कोहनी अदा से टेक नाजुक कलाई को घुमाकर हाथों की मुद्राएँ बनाते हुए बोली—

"आज की शाम का मुजरा खास मेहमान सेठ कृष्णेंदु किशोर चंद बाबू के विवाह की शान में पेश किया जा रहा है···"

"मुबारक हो, मुबारक हो" की गूँज से पूरा कोठा गूँज उठा।

लेकिन 'राज कुंवर' को कहाँ कुछ सुनाई दे रहा था···वह तो खोया-खोया सा बैठा रहा···लाखन ने ही जब देखा कि किसना कुछ अभिवादन नहीं कर रहा है बधाइयों का तो जोर-जोर से 'शुक्रिया-शुक्रिया' कह मामला सँभाला···साथ ही किसना को हलका झटका देते हुए शरारती लहजे में टोका—"कहाँ खो गए भाईजान···मैंने कहा था, न जन्नत है जन्नत···"

"अभी तो शुरुआत है जनाब, आगे-आगे देखिए होता है क्या···"

'ये हुस्न··ये कयामत अदा

कोई भला कैसे न हो फिदा··'

मन में बुदबुदाया 'राज कुँवर' ने।

लाखन को क्या पता था कि उसके किसना के भीतर का 'राज कुँवर' जाग चुका है।

तभी कानों पर मीठी सी सुरमई आवाज सुनाई दी।

"कलाम मेहबूब शायर जनाब मोहम्मद फरीदाबादी का है···"

"अर्ज किया है"

"इरशाद···इरशाद···"

"वो देखना उनका ऐसी कातिल निगाहों से

सरे आम इस गुनाह की सजा क्या दीजे··"

"वाह-वाह-वाह!"

सारे रईसों ने एक साथ कहा, "वाह!"

एक पल के बाद इस अकेली 'वाह' ने नायाब जान का ध्यान खींचा।

हैरत भरी एक नजर डाली उस पर, जिसकी 'वाह' में छुपी 'आह' शायद उसे सुनाई दे गई थी।

सितार, सारंगी, तबले और हारमोनियम···सारे साज छिड़ चुके थे और बेहद दिलकश आवाज और अंदाज के साथ नायाब जान बानो ने गजल को तरन्नुम में पेश किया।

नायाब जान की एक-एक थिरकन, मुख की भाव भंगिमाएँ, उसका मुड़ना, रुकना, चलना, घूमना, सधा हुआ मोहक दरबारी नृत्य···सबकुछ किसी और दुनिया का सफर करा रहा था 'राज कुँवर' को।

यह दुनिया उसे अपनी दुनिया लग रही थी…

उसके भीतर की असली दुनिया, जहाँ उसे सुकून मिलता है…

मुजरा कब खत्म हो गया, आभास ही नहीं हुआ।

आखिरी सलाम कर नायाब जान बानो आहते की ओर बढ़ ही रही थी कि 'राज कुँवर' के मुँह से 'वाहजी…दिल से शुक्रिया' सुनकर पलटी।

एक बार फिर दोनों की नजरें टकराईं।

सिर्फ मद्धम मुसकान बिखेर नायाब जान इस बार बिना रुके, बिना मुड़े सीधे चिलमन के उस पार चली गई।

लाखन ने इशारा किया। "चलें किसना बाबू, या रात यहीं बिताने का इरादा है…" कहकर जोर से हँस दिया।

कृष्णेंदु झेंपते हुए चलने को हुआ।

जद्दनबाई ने पीछे से जाने क्या सोचकर कहा, "आते रहिएगा कृष्णेंदु बाबू।"

बिना कोई जवाब दिए दोनों कोठे की सीढ़ियों से नीचे उतर आए।

यह रात कयामत की रात थी।

छत पर अकेले आसमान में सितारों भरी रात के चाँद में 'राज कुँवर' को नायाब जान दिख रही थी…उसके ख्वाबों, खयालों की नायाब जान… उसकी शायरी में बसी उस खुशबू की नायाब जान…जिसे वह पागलों की तरह न जाने कब से ढूँढ़ रहा था।

लेकिन उसके लिए अपनी ही दीवानगी से अनजान था अभी 'राज कुँवर'।

~❖~

उधर जद्दन बाई के कोठे के सबसे आलीशान कमरे में सेविकाओं से घिरी नायाब जान का दिल भी कुछ बेचैन सा है, कितने ही चाहनेवाले उसके कदमों में गिरे पड़े रहते हैं, तारीफों के पुल सुन-सुनकर झूठ-मूठ मुसकरा-मुसकराकर गाल थकने लगते हैं उसके। लेकिन आज उस अजनबी की एक 'वाह' जाने उसके अंदर तक कैसा असर कर गई थी, बरसों बाद आईने में आज खुद को निहारने को जी किया उसका··· सेविकाओं को कक्ष के बाहर जाने का आदेश देकर कहा, हम अब तन्हाई चाहते हैं।

लेकिन उस कद्रदान की कुछ ढूँढ़ती नजरें, 'वाहजी··· दिल से शुक्रिया' कहने के अंदाज में छिपा निहायत अदब उसे तन्हा कहाँ रहने दे रहा था।

उसे भी कहाँ खबर थी कि उसके दरवाजे इश्क दबे पाँव दस्तक दे गया है।

पूरी रात आँखों में काट चुके कृष्णेंदु को भोर में नंदू काका बुलाने आए।

"छोटे मालिक, नीचे रस्मों के लिए आपको मालकिन ने तैयार होकर आने के लिए कहा है।"

"आप चलिए काका, मैं बस आता हूँ।"

भारी मन से किसना नीचे उतरा···चारों ओर गाना-बजाना उसे

बेवजह का शोर-सा लग रहा था। उसकी थकी-थकी आँखें और ढीला शरीर देख अम्माजी ने सरिता देवी से कहा, "बहुरिया जरा देख तो हमार बचवा के तबीयत तो ठीक हौ न…"

सरिता देवी ने किसना के माथे पर हथेली रखी और कहा, "अम्माजी तबीयत तो ठीक लग रही है किसना की। लग रहा है, इसे थकान हो गई होगी बस, हमने भी तो इसे विलायत से आते ही इन सब में उलझा दिया।"

"हाँ, सही कह रही…इतनी दूर परदेस से आया और आते ही बचवा के ये सब में लगा दिए। चला, अब नयिकी बहुरिया आई अऊर सब सँभाल लेई।"

दोनों सास-बहू एक मत हो मुसकरा तो दीं, लेकिन सरिता देवी के मन में तनिक संशय बैठ गया कि ऐसा तो किसना था नहीं, क्या हुआ है इसे। नई जिम्मेदारी से घबरा गया है शायद। वह मुसकराई।

खैर, आज की शाम सेठ कन्हैयालाल किशोर चंद और सेठ राजेंद्र पन्नालाल के परिवारों के लिए खुशियों की बहार लाने वाली शाम है।

पूरे बनारस में इस रिश्ते की चर्चा है। क्या शानदार आयोजन है। बनारस की कला, संगीत, संस्कृति और संस्कार का संपूर्ण समायोजन इस समारोह में समाहित था।

कृष्णेंदु का कमरा बनारस के सबसे नामी नानक माली ने सजाया। बेले और देसी गुलाब के फूलों की मादक खुशबुओं से सजी सेज…पूरा कमरा जैसे उद्यान बन गया हो।

कृष्णेंदु के कमरे का कोण कुछ ऐसा था कि पुरबिया बयार बहती

तो कमरे का झूमर झनक उठता···इस प्राकृतिक संगीत से स्वागत हो रहा था कृष्णेंदु की जीवन संगिनी पद्मा का।

सारा आयोजन हो गया, गौने की रस्मों के बाद शानदार शाही भोज···जैसे पूरा बनारस शामिल हो गया था इस उल्लास का गवाह बनने। समारोह के बाद धीरे-धीरे सभी अपने गंतव्य की ओर चले गए।

सेज के बीच में सुर्ख लाल बनारसी जोड़े में हीरे और सोने से लदी, सोलह श्रृंगार किए, घूँघट काढ़े धीरे-धीरे पद्मा सीढ़ियाँ चढ़ते हुए कृष्णेंदु के कमरे तक पहुँची। वह आज ऐसे सकुचा रही थी, जैसे पहली बार इस कमरे में आई हो।

किसना को सीढ़ी से ऊपर भेजते समय लाखन ने जेब से इत्र की शीशी निकाल किसना की कलाई में बँधे रक्षा पर रगड़ दिया···थोड़ा उसके कुरते में कंधों की तरफ और कानों में धीरे से चुटकी लेते हुए कहा, "बहुत खास है ये···" और फिर एक आँख दबाकर शरारती इशारा कर भाग गया।

कृष्णेंदु कमरे में पहुँच किवाड़ की कुंडी लगाता है।

कुंडी की आहट सुनते ही पद्मा के पैरों की 51 घुंघरुओं वाली चाँदी की झाँझर घबराकर छनक जाती है।

घुंघरुओं की झनकार सुन कृष्णेंदु के भीतर का 'राज कुँवर' एक पल को काँप उठता है।

तभी दरवाजे पर 'खट-खट' की आवाज उस पर काबू पा लेती है और कृष्णेंदु अंदर से पूछता है, "कौन है···"

"छोटे मालिक, गुस्ताखी माफ, मैं शांता"

(घर की पुरानी सेविका)

बिना कोई और सवाल किए कृष्णेंदु किवाड़ खोल देता है।

बाहर अधेड़ उम्र की शांता हाथ में थाली में पीतल के दो बड़े गिलास में औटा हुआ हल्दी-केसर वाला गरम दूध लिये खड़ी थी।

"छोटे मालिक, माँजी ने भिजवाया है।" कहकर सिर झुकाए जल्दी से मेज पर रख सिर झुकाए-झुकाए तेज कदमों से सीढ़ी नीचे उतर गई।

कृष्णेंदु ने किवाड़ बंद किया और थाली लेकर पद्मा के पास सेज पर जा बैठा।

"पद्म"...धीरे से कहा किसना ने।

पद्मा को आज किसना के मुख से 'पद्म' सुनना कितना अलग लग रहा था। नया-नया सा।

हौले से पद्मा का घूँघट उठाया कृष्णेंदु ने। उसके चेहरे पर ऐसी लालिमा थी, जैसी किसी देवी की प्रतिमा का तेज हो...गोल सी लाल बिंदी, माँग में उसके नाम का भरा हुआ सिंदूर, बड़ी सी सोने की नथ, हाथों में लाल चूड़ा और कोहनी तक लगी पिया के नाम की मेहँदी।

पद्मा पलकें झुकाए बैठी थी। जाने आज कैसी लाज-शरम से गड़ी जा रही थी। इसी किसना के साथ तो आँख-मिचौली करती, छुपन-छुपाई खेलती, दौड़-भाग मचाती, हँसी-ठिठोली, छेड़-छाड़ करती बड़ी हुई है। फिर आज यह कैसी शर्म ने घेर रखा है उसे। पैर कसमसाने लगे तो कृष्णेंदु का ध्यान भी पद्मा के गोरे पैरों पर लगे लाल आलते पर गया। शगुन की आड़ी-तिरछी रेखाएँ, जो नाउन ने बन्नी गाते हुए बनाई थीं, पद्मा के कोमल पैरों पर सुंदर चित्रकला सी लग रही थी।

दूध का गिलास आगे बढ़ाते हुए किसना ने कहा, "पी लो पद्म,

अम्माजी ने भिजवाया है···"

थाली से दूसरा गिलास उठाते हुए पद्मा ने कृष्णेंदु से कहा, "आप भी तो लीजिए···"

'तुम' से 'आप' तक पहुँचा कृष्णेंदु और पद्मा का रिश्ता मर्यादित और संस्कारिक सांसारिक संबंध बन चुका था।

इस बात से अनजान थे दोनों कि इस दुनिया से इतर भी एक दुनिया होती है। दिल की दुनिया। जहाँ के संबंध किसी सांसारिकता को नहीं मानते। दरअसल वहाँ संबंधों का कोई बंधन ही नहीं होता।

उस दुनिया में कोई बाँधता नहीं···बस बँध जाता है, एक ऐसी अनदेखी डोर से, जो खींचती रहती दो दिलों को करीब···और करीब··· और···

थाली हटाकर पद्मा से पलंग के पास की मेज पर रख दी। कृष्णेंदु ने कमरे में जल रही लालटेन को बुझा दिया।

पति-पत्नी के रूप में सुहाग की पहली रात को पद्मा को अपनी बाँहों में भरते कृष्णेंदु के तस्सवुर में नायाब जान थी।

तीन जिंदगियों के जीवन में यह रात एक नए मोड़ का पैगाम लेकर आई थी।

सुबह-सुबह बनारस की गलियों में एक काबुलीवाले की मीठी मधुर आवाज गूँजी···कृष्णेंदु भी उसी काबुलीवाले की सरगम सुनकर उठा।

छज्जे से उसने आवाज दी—"नंदू काका, जरा गली में देखिए, कौन गा रहा है, उसे आँगन में बुलाइए, मैं आ रहा हूँ।"

पद्मा सुबह भी अलग सी थी, वह तारों की छाँव में ही उठकर,

नहाकर अपने इस नए घर में एक खानदानी बहू की तरह तैयार थी।

कृष्णेंदु को हड़बड़ी में नीचे उतरते देख कहने लगी—"अरे! क्या हुआ? इतनी जल्दी में नीचे जा रहे हैं आप?"

"हाँ, बस अभी आता हूँ।"

अंदर आँगन में पहाड़ी चेहरे वाला काबुल से आया एक बूढ़ा जमीन पर बैठा था। उसके पास एक मोटे बाँस के डंडे में कई छोटे-बड़े पिंजरों में बंद तरह-तरह के अनूठे पक्षी थे। कृष्णेंदु ने दुआ-सलाम के बाद उससे उन पक्षियों के बारे में पूछा।

"साहब, सब एक से एक नायाब नस्ल के पक्षी हैं, खास काबुल से लेकर आया हूँ।"

"अच्छा, ऐसा क्या खास है इन पक्षियों में?"

"साहब, बनारस के रईस बोली लगाकर लेते हैं इन्हें, जिस घर में रहते हैं, वहाँ की बोल-चाल और रोज कही जाने वाली बातें कंठस्थ याद हो जाती हैं इन्हें। बनारस के रईसों द्वारा इसे पालने एवं प्रकांड पंडितों को तोहफे में इन पंक्षियों को देने की परंपरा है।"

काबुलीवाले ने अपनी बातों को विस्तार दिया…

"इससे दो बातें होती हैं, एक तो जिस के घर की ड्योढ़ी में ये पंछी पिंजरे सहित टँगे दिखते हैं, वह किसी विद्वान् का घर है, ऐसा माना जाता है और दूसरा उस विद्वान् द्वारा किए जा रहे वेद पाठ या मंत्रोच्चार को रटकर पंछी आने-जाने वालों को सुनाते रहते हैं, जिससे उनके ज्ञान का प्रचार-प्रसार होता रहता है।"

"अरे वाह! यह तो कमाल की बात बताई आपने।"

एक सुंदर से रंग-बिरंगे पंछी पर कृष्णेंदु की नजर ठहर गई थी। उसकी लंबी गरदन और मटकती आँखें किसी की याद दिलाने लगीं, ऐसा अनोखा रंग और पक्षी तो उसने कभी देखा ही नहीं था।

"ये कितने का है ?"

"अरे साहब···ये···"

"आपकी पसंद की दाद देनी पड़ेगी।"

"एक नजर में ही आपने सबसे नायाब पंछी चुन लिया, इसका नाम पशुपतिनाथ है मालिक।"

"अब अपने मुँह से क्या माँगूँ, नायाब चीजों का वैसे तो कोई दाम नहीं होता, बस आप जैसे कद्रदानों की नजरें इनायत हो जाएँ।"

कृष्णेंदु को काबुलीवाले की तमीज और तहजीब भा गई···और उसे बार-बार 'नायाब' शब्द सुनना भी दिल को गुदगुदा रहा था।

भीतर जाकर तिजोरी से सोने की अशर्फियाँ शाही थैली में भरकर काबुलीवाले को दे दीं।

"नंदू काका, हमारे इस नए मेहमान पशुपतिनाथ को बेहद हिफाजत के साथ हमारे कमरे में पहुँचा दीजिए।"

दरअसल बेनियानाग में विदेशी पक्षियों की मंडी लगती। देश-विदेश से आए अनूठे पक्षियों को देखने और खरीदने का उत्साह होता बनरसियों में। वहीं से कुछ फेरी वाले इनमें से विशेष प्रजातियों के पक्षियों को लेकर कोठियों, हवेलियों में ले जाते। जहाँ पसंद आने पर उन्हें इनकी अच्छी कीमत मिल जाती थी।

पशुपतिनाथ भी काबुल की एक अनोखी प्रजाति का पक्षी 'बुलबुल

पोस्ता' था। आज के हिसाब से समझें तो उस समय का एक टेप रिकॉर्डर। जो भी सुनता, उसे कंठस्थ हो जाता और इतनी आश्चर्यजनक बात कि उसे अगर कहो कि रामायण के सुंदरकांड के किसी प्रसंग को सुनाओ तो वह उसे भी बोल देता। यानी वह इतनी बुद्धिमान प्रजाति थी। इसे पालना भी विशेष था। सोने या चाँदी के पिंजरे में मखमल की कालीन बिछाकर इन्हें रखा जाता था। गुलाबजल से इनको स्नान कराया जाता। शाम को रईस अपने सेवादारों के साथ इसे टहलाने निकलते। इसे पालना एक प्रतिष्ठा का प्रतीक माना जाता था। वैसा ही, जैसे किसी ने कोई महँगी विदेशी मोटर कार रखी हो।

~❖~

मंदिर से पूजा का प्रसाद लाकर देते हुए सरिता देवी ने कृष्णेंदु से कहा, "किसना बेटा, जल्दी से तैयार हो जा, गंगाजी में मनौती की आर-पार की माला चढ़ाने जाना है।"

घर की महिलाएँ नव-विवाहित जोड़े को लेकर पैदल ठठेरी बाजार की गलियों से होती हुई शीतला घाट जाती हैं, साथ में आगे-आगे चल रहे डुगडुगी, दुग्गल, शहनाई वालों के साथ पारंपरिक मंगल लोक गीत गाते हुए।

घाट पर पंडे पूजाकर्म करवाते हैं और नाव पर बैठ लच्छे जैसी माला गंगा के इस पार से उस पार तक ले जाई जाती है।

नैया का नाविक मल्लाह गंगा की महिमा का गुणगान गाकर करते हुए नाव चलाता है।

बनारस के गंगा किनारे के घाटों का मंत्रमुग्ध हो कृष्णेंदु दर्शन करता है।

अगले दिन पग फेरे की रस्म करनी है।

बहू पद्मा को पहली बार जामाता स्वयं मायके छोड़कर आता है कुछ दिनों के लिए।

पंडितजी ने कहा था कि ग्रहण लगने से पहले यह रस्म कर लेनी है, जिससे पंद्रह दिन बाद पूर्णिमा को बहू को वापस लाया जा सके।

‘पशुपतिनाथ···’ यही नाम बताया था काबुलीवाले ने इस नायाब सफेद पक्षी का, कृष्णेंदु के कमरे की खिड़की पर टँगा पशुपतिनाथ का पिंजरा···

खिड़की के पास रखी इसी मेज पर बैठकर कृष्णेंदु से ‘राज कुँवर’ बन जाता था किसना, अपने भीतर की उस दुनिया में खो जाता था, जहाँ पहुँचकर मिलता था उसे ऐसा आराम, ऐसा सुकून कि वहाँ से वापस दुनियादारी से भरी इस फानी दुनिया में आने को जी नहीं चाहता था उसका। अल्फाज और उन अल्फाजों को तलाशती एक आवाज···दोनों ढूँढ़ रहे हों एक-दूजे को जैसे, अधूरे से हैं एक-दूसरे के बगैर।

यह तलाश ही तो ले गई थी ‘राज कुँवर’ को नायाब जान तक, जिसे देखते ही ‘राज कुँवर’ की तड़प शांत हो गई थी, उस रूह की तलाश में ही तो उसकी रूह भटक रही थी इतने बरसों से···और मिली भी तो वह कहाँ उससे, बनारस की ‘दालमंडी’ में!

‘राज कुँवर’ के खयालों को जैसे पंख लग गए, उसकी शायरी में एक नया नशा सा उतर आया। नायाब जान को सोचते ही ऐसी नज्में, गजलें कागज पर सँवरने लगीं, जिसकी कल्पना भी न की थी उसने कभी।

लिखने के बाद ‘राज कुँवर’ उन्हें पढ़ता, उसके साथ पशुपतिनाथ भी उन रचनाओं को रट लेता, दिन से शाम, शाम से रात होने लगी, दिन गुजरने लगे। लेकिन नायाब जान की याद थी कि कम होने की बजाय दिन-प्रति-दिन बढ़ती ही जा रही थी।

वहीं कोठे पर भी नायाब जान को हर शाम 'राज कुँवर' का इंतजार रहता। न जाने क्यों उस दिन के बाद से उसका दिल बेचैन सा रहने लगा था। बार-बार उसकी नजरें ड्योढ़ी पर टिक जाती थीं।

"लगता है, तबीयत कुछ नासाज सी है नायाब जान बानो की, कुछ दिन आराम फरमा लें तो बेहतर होगा।" जद्दनबाई ने हुकुम दिया।

आज लाखन किसना से मिलने आया। किसना ने जिक्र किया कि उसके ब्याह के उपलक्ष्य में जो मुजरे का तोहफा दिया था जद्दनबाई ने, उसके बदले वह उस मुजरे वाली को अपनी शादी की खुशी में यह नायाब पंछी भेंट करना चाहता है।

"हमारे खानदान में किसी का एहसान नहीं रखा जाता।"

"अरे वाह मेरे रईसजादे! यह हुई न बनारसी रईस की शान..."

"चलो आज शाम को ही चलते हैं..."

जद्दनबाई के कोठे में पहुँचकर लाखन ने पशुपतिनाथ के बारे में बाईजी को बताया और कहा कि "यह बेशकीमती पक्षी नायाब जान बानो को भेंट करना चाहते हैं।"

"नायाब जान बानो की तबीयत इन दिनों नासाज है।"

"आप यहाँ छोड़ जाएँ, हम उन तक पहुँचा देंगे।"

दिल डूब गया जैसे 'राज कुँवर' का।

उफ्फ...एक नजर देख भी न सके उन्हें।

खैर, पशुपतिनाथ को सकुशल नायाब जान बानो के कक्ष तक उनकी चहेती सुरैया ले गई, "यह देखिए नायाब जान, कौन आए हैं आपसे मिलने!"

"कौन हैं···" बेपरवाह सी धीमी आवाज में नायाब जान ने बिना उस ओर देखे पूछा।

"वही जिनके जाने के बाद से आपका यह हाल है।" हँसकर बोली सुरैया तो जिया धक से होकर रह गया नायाब जान का, तुरंत वह बिस्तर में उठकर बैठ गई।

"क्या बोले जा रही है बावली··· ?"

"और नहीं तो क्या ? इश्क और मुश्क छुपाए नहीं छुपते हैं नायाब जान बानो, आपके आशिक आए थे और आपके लिए यह नजराना छोड़ गए हैं।"

"बेचारे बड़े मायूस से दिख रहे थे, उनको आपका दीदार भी न हो सका।"

छेड़ने में माहिर सुरैया नायाब जान की बेहद चहेती, मुँहलगी और वफादार सहेली थी, नायाब जान की हमराज भी, लेकिन यह राज तो नायाब जान ने अपने आप से भी छिपाए रखा था कि उस अजनबी की नजरों के तिलिस्म में कैद वह रिहाई भी नहीं चाहती, फिर इस मुई को कैसे पता चल गया!

भूल रही थी नायाब जान कि बचपन से साथ पली-बढ़ी वह और सुरैया भले ही एक माँ की कोख से नहीं जनमी थीं, लेकिन हर सुख-दुःख की साथी थीं और एक-दूसरे के बिना बताए मन की बात जान लेना उसे ऊपर वाले के करम से मिला था। तभी तो नायाब जान को सुरैया के रहते हुए किसी और रिश्ते की कमी कभी महसूस नहीं हुई।

पशुपतिनाथ को लेते हुए बड़े नाजों से अपने कमरे की खिड़की पर टाँग दिया।

सुरैया जा चुकी थी।

अचानक हू-ब-हू उसी 'वाह' की आवाज और अंदाज में 'आदाब अर्ज है' सुनाई दिया नायाब जान को।

चौंक पड़ी वो।

मल्लिका-ए-हुस्न की शान में 'राज कुंवर' की यह नज्म पेश है···

पशुपतिनाथ बोले जा रहा था···

"ओह! तो यह बात है···जनाब···" नायाब जान को 'राज कुंवर' की इस अदा पर प्यार आ गया।

पशुपतिनाथ ने नायाब जान के हुस्न की तारीफ की और राजकुंवर का लिखा हुआ एक कलाम सुना दिया।

"वाह! शायर साहब, क्या खूब लिखा है, दिल की गहराइयों से जज्बात निकले हैं, जो असर भी दिल पर गहरा हुआ हमारे।" यानि जो चिंगारी हमारे दिल में है वो ही आग बन कर आपके जहन-ओ-दिल में भी धधक रही है।

"सुरैया, अरी ओ सुरैया, जरा यहाँ तो आ···"

"हुकुम करें मालिकाए हुस्न, हाहाहा।"

"मुई, सब जान जाती है।" झूठी चिढ़न के साथ नायाब जान ने सुरैया से कहा।

"पैगाम भिजवा दे उन्हें, कल शाम की महफिल शायर साहेब के नाम रहेगी।"

~❖~

अगली शाम के इंतजार में एक-एक पल सौ जनमों जैसा लग रहा था।

हुस्न और इश्क की मेहराज की शाम

नायाब जान और 'राज कुँवर' के नाम की शाम

नायाब जान ने बनारस के रईसजादों, शायरों से भरी महफिल में ऐलान किया कि आज की शाम का मुजरा शायर 'राज कुंवर' के कलाम पर होगा।

पूरे कोठे में हैरानगी भर गई...

"राज कुंवर ? ये कौन शायर हैं भाई, पहले कभी तो नाम न सुना।"

आँखों-ही-आँखों में नायाब जान और 'राज कुंवर' की दुआ सलाम भी हो चुकी थी और किसी ने देखा भी नहीं।

उसके बाद तो ऐसा मुजरा हुआ कि सालों में किसी ने ऐसे अल्फाज, आवाज और अंदाज की जुगलबंदी न सुनी, न देखी थी।

'वाह-वाह' की गूँज की गूँज से देर रात तक गूँजती रही।

□

बाबा विश्वनाथ के अनन्य भक्त सेठ कन्हैयालाल किशोर चंद नेमी थे। यानी रोज नियम से तड़के स्नान कर बाबा के दरबार में हाजिरी देने के बाद ही दिन आरंभ होता उनका।

नेमी तो नायाब जान बानो भी थी। मुँह अँधेरे रोज डोली में बैठकर माँ

गंगा के दर्शन, पूजन से ही दिन शुरू होता था नायाब जान का। भोर की पहली किरण फूटे, उससे पहले ही कोठे लौटना रहता।

जिस फूलवाले से सुबह बाबा को चढ़ाने के लिए सेठजी मंदाप की माला और बेलपत्र लेते थे, उसी फूलवाले से अब उनके साहबजादे शाम को बेला, चमेली और मोगरे के गजरे नायाब जान को भेंट करने के लिए ले जाने लगे थे।

कृष्णेंदु के दालमंडी जाने की खबर फूलवाले से सेठजी को मिली।

"जवान खून है, फिर इसमें क्या नया है, तेरे बाप-दादा भी तो जाते रहे।"

घर पर अम्माजी ने कन्हैयालाल को समझाते हुए कहा, "अब कुछ दिन में बहू मायके से वापस आ जाएगी, फिर देखना, सब छूट जाएगा।"

"कुछ कह मति दीजो बचवा के···"

इधर कृष्णेंदु के भीतर छुपे 'राज कुँवर' को तो बस जैसे शाम होने का इंतजार रहने लगा···एक नजर नायाब जान को देख लेना, उसकी दिलकश आवाज और सुरों में अपनी लिखी शायरियाँ सुनना और नायाब जान के हुस्न को आँखों से पीने का नशा सिर चढ़ता ही जा रहा था।

लाखन, जिसे इस रईसजादे का नया-नया शौक समझ रहा था, वह दरअसल पिछले कितने जनमों से चली आ रही किसी कहानी के सिरे थे···दो अधूरे अब जाकर मिले थे, ये वे रूहें थीं, जो हर जन्म में एक-दूसरे को तलाशती हैं, शायद यही तलाश उनके फिर से जन्म लेने का सबब बनती हैं···

हर बार, जाने कितनी बार से···

न जाने कितनी बार और···

कृष्णेंदु को कलफ लगे धोती-कुरता पहने तैयार होकर कुछ गुनगुनाते हुए सीढ़ियों से नीचे उतरते हुए देख अम्माजी ने कहा, "अरे बचवा, कल भोरे में बहुरिया के बिदाई कराए जाए के हौ, सो तैयार रहियो।"

"जी···अम्माजी।"

किसना की आवाज में अचानक आई गंभीरता ने माँ सरिता देवी को थोड़ा निराश कर दिया।

आज कोठे में मुजरा देखते हुए 'राज कुँवर' थोड़ा गंभीर था, जैसे कुछ सोच रहा हो, तब ही अचानक एक अंग्रेज की हिंदी शैली में जोर से कुछ बोलने की आवाज ने उसका ध्यान खींचा।

मेजर रोजवेल्ट वेल्स···अंग्रेजी हुकूमत के तानाशाह। नायाब जान के हुस्न के परवाने। बनारस से भ्रष्टाचार की खबरों के कारण उसका तबादला मैसूर कर दिया गया था। नायाब जान की चाहत में पागल रोजवेल्ट ने एक साल की मशक्कत के बाद वापस अपना तबादला बनारस करवा लिया था।

जद्दनबाई और नायाब जान बानो दोनों को रोजवेल्ट एक आँख नहीं सुहाता था। लेकिन मजबूरी थी कि उसकी आवभगत की जाती और उसकी फरमाइश पर नायाब जान को कभी-कभी पूरी रात भी मुजरा करना पड़ता।

शराब का लती रोजवेल्ट आज नायाब जान से मिलने के अरमान में नशे में धुत्त होकर कोठे पर पहुँचा।

"हे माई स्वीटहार्ट नायाब जान बानो···सी, आई हैव कम अगेन डार्लिंग, देखो तुम्हारे लिए हम वापस आ गया हूँ।"

जैसे ही रोजवेल्ट नायाब जान के ज्यादा करीब जाने लगा, वैसे ही जद्दनबाई ने सेवादार को इशारा किया, "रसूल मियाँ जरा साहब को बेहतर तशरीफ करवाएँ। साहब का इतने दिनों बाद आना हुआ है···कुछ खास पेश ए खिदमत करें।"

मदिरा से प्याला भर रसूल मियाँ ने रोजवेल्ट की ओर बढ़ा दिया।

जद्दनबाई ब्रिटिश हुकूमत के सख्त खिलाफ थी। राजशाही खत्म होने से तवायफों का दर्जा कमतर हो रहा था। अंग्रेज तवायफों को वेश्याओं की दृष्टि से देखते थे। उन्हें भारतीय संगीत की न तो समझ थी न ही परवाह। जितनी तड़प हर हिंदुस्तानी को अंग्रेजों से आजादी की थी, उतनी ही इच्छा बनारस की तवायफों को भी इनके शासन से मुक्ति की थी।

नायाब जान बानो ने 'राज कुँवर' का लिखा कलाम का मुखड़ा सुनाना शुरू किया

"गुलों को ना रोका जाए महकने से जहाँ
परिंदों को ना टोका जाए चहकने से जहाँ
एक ऐसा गुलसितां हम चाहते है
एक ऐसा आसमां हम चाहते हैं···"

रोजवेल्ट ने बीच में ही टोक दिया।

"स्टॉप!!! व्हाट आर यू सिंगिंग नायाब जान बानो!···
ये टुम क्या गाना गाता है···
स्टॉप दिस फ्रीडम सांग!!!"

“मुआफ कीजिएगा साहब, नायाब जान जो भी शुरू कर देती है, उसे अंजाम तक पहुँचा कर दम लेती है। मैं कलाम की तौहीन नहीं कर सकती, यह मुकम्मल होकर रहेगा, जिसे नहीं पसंद बेहतर होगा वो महफिल से रुखसत हो जाए।”

नायाब जान से बेहद अदब और शान के साथ अपना जवाब दिया।

“राज कुँवर” भी नायाब जान की इस निडर और स्वाभिमानी रूप को देख दंग था।

रोजवेल्ट नशे में धुत्त इसे अपना अपमान समझ बैठा। लड़खड़ाते हुए उठा और अपनी छड़ी से पास रखे चिराग दान के काँच को तोड़ डाला।

“हाय अल्लाह! ये क्या कर रहे हैं साहब!”

जद्दनबाई ने समझाने की कोशिश की।

लेकिन काबू से बाहर रोजवेल्ट ने नायाब जान की ओर बेहद गुस्से से कदम बढ़ा दिए।

“नो वन सेस नो टू रोजवेल्ट··· हाऊ डेयर यू···”

इसके आगे कि रोजवेल्ट कुछ और बोलता ‘राज कुँवर’ की बुलंद आवाज ने उसे रोक दिया।

“मिस्टर रोजवेल्ट माइंड योर लैंग्वेज। शो सम रेस्पेक्ट फॉर द लेडी।”

“हू आर यू?”

रोजवेल्ट ने पलटकर पूछा।

“यू ब्लॉडी इंडियन विल टीच मी हाऊ टू बिहैव··· तुम जाहिल लोग हमें सिखाएगा···”

रसूल मियाँ ने समझदारी से काम लेते हुए दौड़कर चौक थाने में जाकर पूरा घटनाक्रम बता दिया था। चंद मिनटों में ही थाने से उसके साथी पुलिस वाले पहुँचकर रोजवेल्ट को समझाते हुए वहाँ से अपने साथ ले गए।

रोजवेल्ट की बड़बड़ाहट नीचे दरवाजे तक पहुँचने तक भी चलती रही।

"यह जल्लाद फिर कैसे आ गया बनारस।" रसूल मियाँ, सुरैया और बाकी के सेवादार भी बिखरे हुए काँच और अव्यवस्थित हुए कोठे को ठीक करने में लग गए। अभी तक तो नायाब जान और 'राज कुँवर' के बीच प्रेम का रंग गहरा रहा था, लेकिन इस वाकिए ने उन दोनों के मन में एक-दूसरे के प्रति सम्मान का भाव भी जागृत कर दिया।

'राज कुँवर' को जहाँ नायाब जान का अपने आत्मसम्मान के लिए जूझना अच्छा लगा, वहीं नायाब जान को राज कुँवर का उसके सम्मान के लिए खड़े होकर साथ देना उसका दिल छू गया।

"आप आराम करें।"

नायाब जान को कहकर 'राज कुँवर' कोठे से जाने लगा। पीछे-पीछे लाखन भी हो लिया।

जद्दनबाई को बनारस के इस रईसजादे का मुखर होकर किसी अंग्रेज शासक का विरोध करना भा गया।

कल रात के अपमान से दुःखी मेजर रासवेल्ट किसी भी तरह नायाब जान के प्यार और तवज्जो को हासिल करने की चाह में चौक थाने के आगे चक्कर लगा रहा था। तभी बगल से तिरलोचन पंडा गुजर रहा था। तिरलोचन पांडे पक्का महाल क्षेत्र के 'महाठग पंडा' के नाम से कुख्यात था। जजमानों को दिवास्वप्न दिखा उल्टे-सीधे कर्मकांड कराकर पैसे ऐंठना उसे खूब आता था। टूटी-फूटी अंग्रेजी बोलकर फिरंगी अफसरों से भी दोस्ती गाँठ रखी थी, इसलिए कोई कहीं शिकायत भी नहीं करता था।

मेजर रोजवेल्ट को बेचैन देख तिरलोचन पंडा रुक गया।

व्हाट हैप्पन सर??? व्हाई यू राउंड राउंड घूमिंग??? एनी बड़ी प्रॉब्लम से मी··· आई योर फ्रेंड

रोजवेल्ट तिरलोचन को अंदर थाने में चलकर बैठने का इशारा करते हुए खुद भी आकर अपनी कुरसी पर बैठ गया। दबी जबान में कहने लगा··· ट्राईलोचन यू आर माई ओनली फ्रेंड हेयर··· आई वांट नायाब जांस लव··· कैन यू हेल्प मी···

ये सुनते ही तिरलोचन पंडा के चेहरे पर कुटिल मुसकान आ गई··· कुरसी पर पीछे टेक लगाते हुए उसने कहा···सो सिंपल वर्क··· आई गिव यू सम मंत्रा··· यू जस्ट जाप··· एंड नायाब जान योर··· रोजवेल्ट के भी चेहरे पर राहत आई और उम्मीद की खुशी तैरने लगी··· टेल

टेल सून··· ओ माई गॉड आई कांट वेट टूटेक द मोस्ट ब्यूटीफुल डॉल ऑफ दि डॉल मार्केट इन माई आर्मस ·· तिरलोचन पंडा रोजवेल्ट की बढ़ती बेचैनी को भाँप अपनी रोटी सकने के जुगाड़ में लग गया। हम्म··· सो थिस मेटर माई सर सेड··· आई हैव वन मंत्रा दैट मेक नायाब जान लव यू बट द मंत्रा वर्क ओनली व्हेन मदिरा प्रसाद गिव टू बाबा काल भैरव··· यू गिव मी मनी··· आई गो गिव बाबा प्रसाद!

रोजवेल्ट को किसी भी तरह मंत्र चाहिए था। उसने जेब में हाथ डाला और जितने नोट निकले सब तिरलोचन के हाथों में धर दिए। तिरलोचन पंडे के मन में तो लड्डू फूट गए। लेकिन अपनी खुशी छिपाते हुए मुख मुद्रा को गंभीर बनाया और रोजवेल्ट को अपने पास करते हुए कहा··· थिस सीक्रेट मंत्रा··· से इलेवन टाइम इन द मॉर्निंग आफ्टर बाथ···

डोंट टेल एनी वन

नो नो आई विल नॉट··· आई प्रॉमिस···

रोजवेल्ट के कानों के पास जाकर त्रिलोचन पंडा ने कहा···रिपीट आफ्टर मी

'ओम अहम उल्लू का पट्ठा अस्ति स्वाह :···'

रोजवेल्ट ने उसी लय में पढ़ा

'ओउम एहम उल्लू के पाठा अस्ति सवाहा···'

अपनी हंसी को किसी तरह रोकते हुए तिरलोचन पंडे ने कहा··· भेरी गुड···नाऊ एभरी मॉर्निंग से थिस···आई गो टू गिव मदिरा प्रसाद टू बाबा काल भैरव···ओके सर बाय बाय···

तिरलोचन पंडे की तो मौज हो गई···

अगले दिन सुबह ही सेठ कन्हैयालाल परिवार राजेंद्र पन्नालाल की हवेली से बहू विदा करा लाए। आते ही पद्मा ने अम्माजी के पैर छुए।

"खुस रहो बहुरिया···सदा सुहागन रहो···दूधो नहाओ पूतो फलो···"

अम्माजी ने आसीसों की झड़ी लगा दी।

साथ ही परपोते की इच्छा भी प्रगट कर दी। आखिर सोने की सीढ़ी में स्वर्ग जाने का मोह कौन त्याग सका है।

आते ही कृष्णेंदु अपने कमरे में चला गया था। पद्मा कुछ देर बाद पहुँची।

"ओह हो, बड़ा खुशबुओं से महकाकर रखा गया है आपने कमरा हमारा।"

बिस्तर पर इधर-उधर बिखरे कागजों को समेटते हुए पद्मा मुसकराते हुए बोल रही थी।

"रहने दो पद्म, मैं हटा देता हूँ।"

कृष्णेंदु का हाथ पद्मा के हाथ पर पड़ते ही सूखे पत्ते सी काँप उठी पद्मा।

सुहागरात की हर बात याद आने लगी। लाज से लाल हुई जा रही थी पद्मा।

कृष्णेंदु ने ही थोड़ा झेंपते हुए अपना हाथ हटा लिया।

"मुझे कुछ काम है पद्म मैं शाम को थोड़ी देर से आऊँगा।"

लाखन की विशेश्वरगंज मंडी में थोक गल्ले की बड़ी दुकान थी। किसना को वहाँ देख लाखन को हर्ष मिश्रित आश्चर्य हुआ।

"घाट चलेगा?" किसना ने लाखन से पूछा।

"ए रामबली, जरा कुछ देर गद्दी सँभालना, मैं बाहर जा रहा हूँ कुछ देर में आऊँगा।"

"जी मालिक···" कहकर रामबली आज्ञा पालन में लग गया।

विशेश्वरगंज की गलियों से होते हुए दोनों दोस्त गाय घाट पहुँच गए। एक मढ़ी पर बैठ गंगा की लहरों को शांत निहारने लगे। किसना से लाखन ने पूछा—"क्या बात है किसना?"

"कुछ परेशान लग रहा है···"

"मैं कौन हूँ लाखन?"

किसना ने आँखों में गहराई भर लाखन की आँखों में आँखें डाल पूछा।

लाखन ने कभी किसना को ऐसे नहीं देखा था, वह सकपका गया।

"कौन हूँ मतलब?"

"तू किसना है, सेठ कन्हैयालाल किशोर चंदजी का इकलौता वारिस सेठ कृष्णेंदु किशोर चंद।"

"हूँ··· यह तो मात्र मेरा परिचय है रे!"

"मैं भीतर से कौन हूँ···तू भी नहीं जानता?"

"यह क्या पहेली बुझा रहा है किसना, कोई भूत-प्रेत का साया तो नहीं चढ़ गया तुझपर···जरूर रात में कोई चौराहे पर पड़े टोने-टोटके को डांक लिया होगा। चल, अभी चल, काल भैरों बाबा के दरबार में झड़वाकर आते हैं।"

अपने नादान दोस्त की मासूमियत पर किसना को प्यार आ गया।

"ऐसा कुछ नहीं है, मेरे भाई···बस, कुछ ऐसी बातें होती हैं, जिन्हें इनसान सिर्फ महसूस करता है, बता नहीं सकता, कह नहीं सकता··· किसी को समझा भी नहीं सकता···इस दुनिया से परे भी एक दुनिया है, वह दुनिया खींचती है मुझे, आवाज लगाती है···"

कुछ सोचते हुए अचानक लाखन के चेहरे पर शरारत भरी मुसकान तैर गई—"ओ हो···तो यह बात है गुरु···"

"जनाब कौन सी दुनिया की बात कर रहे हैं हमें समझ आ गया···"

"अरे तो इसमें इतना क्या सोचना?"

"उस दुनिया का सफर तो बनारस का हर रईस करता है, यह तो शान है हम बनारसियों की।"

"तू भी न किसना, डरा ही दिया मुझे···चल अब चलें, नहीं तो पिताजी ने अगर रामबली को गल्ले की गद्दी पर बैठा देख लिया तो मुझे किसी तीसरी ही दुनिया का सफर करवा देंगे।"

एक-दूसरे के साथ कंधे पर हाथ रखे किसना और लाखन घाट से लौट गए।

आज शाम कृष्णेंदु को दालमंडी जाना ठीक नहीं लगा, लेकिन मन बेचैन हो रहा था। रात का भोजन परोसकर पद्मा कमरे में आई और लालटेन बुझा पलंग पर लेटे कृष्णेंदु के बगल में आकर लेट गई।

पद्मा ने प्यार से सिर सहलाते हुए किसना से कहा, "थक गए लगते हैं आप।"

"नहीं पद्म बस, सिर थोड़ा भारी लग रहा है।"

"अरे··· लाइए, मैं तेल लगा दूँ।"

"नहीं, नहीं, तुम परेशान मत हो, ठीक हो जाएगा।"

दोनों के बीच फिर एक चुप्पी ने जगह बना ली।

पद्मा ने भी ज्यादा कुछ कहना ठीक न समझा और पलटकर सो गई।

कृष्णेंदु की बंद आँखों से नींद कोसों दूर थी, उसे दिख रहा था तो केवल नायाब जान का जादुई अक्स!

दूरियाँ···ये दूरियाँ ही तो तय करती हैं, किससे कितनी नजदीकियाँ हैं।

अंग्रेजी में कहावत है···

आउट ऑफ साइट, आउट ऑफ माइंड!

लेकिन अंग्रेज क्या जानें इश्क में डूबे आशिक को तो ये दूरियाँ और भी करीब ले आती हैं अपनी महबूबा के।

उधर नायाब जान का भी हाल बुरा था। 'राज कुँवर' का न आना उसे भीतर तक कचोट रहा था। दिन भर नायाब जान पशुपतिनाथ से बातें करती रहती। केवल 'राज कुँवर' को याद करना उनकी शायरी पढ़ना, बस और कुछ भी करना उसे नहीं भाता था। मन बुझा-बुझा सा रहने लगा। 'राज कुँवर' और उसकी मुलाकात केवल शाम में मुजरे के दौरान ही तो होती आई है। इसमें क्या नया है। कितने ही दीवाने हैं नायाब जान के, जो हर शाम उसके दर पर बिताने आते हैं। उसके हुस्न, उसकी गायकी, उसकी अदाओं के दीवाने।

लेकिन पहली बार वह किसी की दीवानी हुई जा रही थी। अपने

अहसासों को काबू करने की नाकाम कोशिशें उसकी परेशानियाँ और बढ़ा रही थीं।

'क्या है', 'क्यों है' जैसे सवाल जवाब खोज रहे थे।

एक सुरैया ही थी, जो वाकिफ थी नायाब जान की इस पसोपेश की। वह जानती थी कि नायाब जान को यों ही नहीं 'राज कुँवर' से इश्क हो गया है। पहली बार नायाब जान को किसी की आँखों में अपने लिए सच्चा इश्क दिखा है। नायाब जान को बेबसी के इस हाल में सुरैया और न देख सकी।

उसने लाखन से मिलना मुनासिब समझा।

इधर लाखन भी किसना को लेकर चिंतित रह रहा था। "क्या हो गया है इसे? कहाँ गुम रहता है? ऐसे तो बीमार पड़ जाएगा।"

चौक-चौराहे पर मिले लाखन को सुरैया ने अकेले में ले जाकर नायाब जान का हाल बताया। लाखन को भी अब बात समझ आने लगी।

तो आग दोनों तरफ बराबर की लगी हुई है।

लेकिन पद्मा के रहते किसना का दालमंडी के कोठे आना ठीक नहीं है।

दोनों ने नायाब जान और 'राज कुँवर' को कहीं और मिलवाने का निश्चय किया।

इस पूर्णिमा को लाखन का जन्मदिवस है।

बनारसी अंदाज में बजड़े पर महफिल सजाने की बात हुई। गंगा की लहरों के बीच सजा एक भव्य बजड़ा कलाकार के मंच का रूप

लेता है। उसके आसपास चंद्राकार में अन्य बजड़े गद्दे-मसनद से सजे मेहमानों के होते हैं।

जद्दनबाई से कहा गया कि 'इस संगीत की महफिल में नायाब जान बानो के गाना की आरजू है।' यों तो जद्दनबाई नायाब जान बानो को कोठे के बाहर की महफिलों में नाचने-गाने नहीं भेजती थी, लेकिन किसी प्रकार लाखन ने उन्हें मना ही लिया।

शर्त यह थी कि सुरैया हर पल नायाब जान के साथ रहेगी। सुरैया ने भी जिम्मेदारी लेना कुबूल कर लिया। लाखन ने किसना को बस जन्मदिन का आमंत्रण दिया, लेकिन नायाब जान के बारे में कुछ नहीं बताया। उधर सुरैया ने भी नायाब जान को भनक नहीं लगने दी कि लाखन और उसने मिलकर क्या योजना बनाई है।

बनारस के गंगाघाट पूर्णिमा के चाँद की दूधिया रोशनी में नहा रहे थे। चारु चंद्र की चंचल किरणें गंग लहरों पर अठखेलियाँ कर रही थीं। बीच गंगा में फूलों से सजे बजड़े बेहद आकर्षक लग रहे थे। तीन-चार छोटी नावें घाट किनारे से मेहमानों को बजड़ों तक लाने-छोड़ने के लिए लगाई गई थीं। मुख्य बजड़े के नीचे बने हिस्से में नायाब जान बानो, सुरैया और साजिंदों के साथ महफिल शुरू करने के इंतजार में बैठी थीं। उनके अलावा उस बजड़े पर केवल लाखन था और किसना, जिसे लाखन ने बजड़े की छत पर बैठाया था।

सारी तैयारी पूरी होने पर लाखन ने नायाब जान बानो को बजड़े की छत पर गायन प्रस्तुत करने के लिए आमंत्रित किया।

नायाब जान को देखते ही 'राज कुँवर' के दिल की धड़कन मानो

रुक सी गई। नायाब जान ने भी राज कुँवर को देखा तो जी धक सा हो गया। दोनों को ऐसा लगा, जैसे समय ठहर गया हो। दोनों को···ऐसा लग रहा था, मानो पहली बार देख रहे हों एक-दूसरे को।

मंच पर बैठते ही बनारसी ठुमरी गाकर नायाब जान बानो ने महफिल का आगाज किया। 'वाह नायाब जान वाह!' संगीत के कद्रदानों ने मुक्तकंठ से प्रशंसा की।

'राज कुँवर' तो बस एकटक नायाब जान को निहारे ही जा रहा था। उसकी सुमधुर आवाज 'राज कुँवर' के दिल के तारों को झंकृत कर रही थी।

फिर वही मदहोशी छाने लगी।

नायाब जान और 'राज कुँवर' के चेहरों पर एक रूहानी नूर बरस रहा था, जिसकी चमक सुरैया और लाखन के दिलों में खुशियाँ भर रही थी।

बजड़े पर बैठे मेहमानों के लिए पुरवे में मलाई मारकर बनारसी ठंडई का इंतजाम था।

छककर पिया सभी ने और लाखन को सुंदर आयोजन तथा जन्मदिन की बधाई देते हुए एक-एक कर विदा हो गए।

लाखन ने एक बड़ी नाव बुलवाई। इशारे से सभी साजिंदों और सुरैया को उसमें बैठा दिया। फिर बजड़े वाले के कानों में कुछ कहकर और एक थैली में अशर्फियाँ भर देकर खुद भी उसी नाव में सवार हो घाट किनारे आ गया।

बजड़े की छत पर लाखन और सुरैया की इस कारस्तानी से

अनजान 'राज कुँवर' और नायाब जान एक-दूसरे को एकटक देखने में मगन थे।

जद्दनबाई को कोठे का दरवाजा खुलने की आहट हुई तो कमरे के भीतर से ही सुरैया को आवाज दी। "सब ठीक से हो गया न।"

"जी बाईजी, सब बहुत अच्छा रहा।"

"नायाब जान कहाँ हैं।" पलंग पर लेटे हुए अंदर से ही पूछा बाईजी ने।

"वो जरा थक गई हैं, अपने कमरे में आराम फरमाने चली गईं।" थोड़ा डरते हुए झूठ बोला था सुरैया ने।

"अच्छा है, उसे आराम करने दे और तू भी जा अब सो जा।"

"जी, बाईजी···" आँखों को बंद कर, अपने सीने में हाथों को रख राहत की साँस ली सुरैया ने।

हौले-हौले बजड़ा बढ़ने लगा···चारों ओर गहरा सन्नाटा पसरा था···दूर-दूर तक कोई नहीं···जैसे दुनिया यहीं से शुरू होने को है···बस, 'राज कुँवर' है और उसकी 'नायाब' जान!

गंगा की लहरों में अचानक आई हलचल से बजड़ा डगमगाने लगा। जिस ओर राज कुँवर बैठे थे, उस ओर झुकाव हुआ तो सहसा नायाब जान संतुलन खो उनकी बाँहों में आ गई।

इसे कायनात की साजिश कहें या ऊपर वाले की इनायतें।

दो अधूरे आज पूरे चाँद की रात में पूरे होने को हैं।

मंद-मंद चलती बयार भी दोनों के जिस्मों से बरसती उस आग को ठंडा नहीं कर पा रही थी, जो उनके मिलन से दहकी थी।

मध्यम गति से चलता बजड़ा और चाँद की रोशनी में राज कुँवर और नायाब जान का एक होना इश्क की मुकम्मल दास्तान कह रहा था।

सारी रात बीत गई···अंजोर के फूटते ही नायाब जान ने खुद को सँभाला, बजड़ा पार लग चुका था, 'राज कुँवर' ने हाथ पकड़कर ध्यान से नायाब जान को घाट की सीढ़ियाँ चढ़ाईं। सिर ढाँके नायाब जान बानो को दालमंडी कोठे तक छोड़ने जा रहे 'राज कुँवर' को रोजवेल्ट वेल्स ने देख लिया। उस दिन का अपमान अब तक उसकी नसों में जहर बन दौड़ रहा था। वह बदला लेने की आग से भर गया।

भोर होते ही घर लौटे कृष्णेंदु के इंतजार में पद्मा सारी रात जागती रही। उसके कमरे में आने की आहट सुन झट बोल पड़ी।

"आज सारी रात बाहर बिता दी आपने।"

कृष्णेंदु ने कहा, 'हाँ पद्म, वो लाखन के जन्मदिन का जश्न लंबा चला···तो उसी के घर रुक गया था···तुम सोई नहीं?"

"नहीं, पता नहीं क्यों, एक पल को नींद नहीं लगी।"

कृष्णेंदु ने कुरता उतारकर खूँटी पर टाँग दिया।

सुबह की किरण खिड़की की जाली से छन-छनकर गहरी नींद में सो रहे किसना के चेहरे पर पड़ रही थी।

पद्मा नहाकर तैयार हो नीचे उतरने को हुई थी कि सोचा, कुरते को भी लेती जाए। धोबन को धुलाई के लिए दे देगी।

जैसे ही खूँटी से कुरता उतारा, एक छनकती आवाज ने उसे असमंजस में डाल दिया। कुरते को झटकारा तो सीने वाले हिस्से में एक नायाब कारीगरी का कुंदन का जड़ाऊ झुमका फँसा था। उसकी

ही मोतियों की लटकन की आवाज थी।

धीरे से उसने कृष्णेंदु के खादी सिल्क के कुरते से झुमका निकाला।

एक पल को विश्वास ही नहीं हुआ उसे।

किसका है यह झुमका और किसना के कुरते में कैसे फँसा। आँखों में नमी और हैरानी लिये वह झुमके को देखने लगी।

फिर कुछ सोच अपनी कपड़ों की अलमारी में बने दराज में झुमका रख दिया उसने।

पद्मा के जीवन में झुमके के साथ ही एक अनजाने तूफान ने दस्तक दे दी थी। उसका दिल बैठा जा रहा था।

नंदू काका ने आकर बताया कि "बहूजी, आपके बाबूजी आए हैं। अम्माजी ने आपको नीचे बुलाया है।"

"आप चलिए काका, मैं आती हूँ।"

अपने-आपको सँभालते हुए पद्मा पिताजी से मिलने गई। साथ में उसका छोटा भाई सुभाष भी आया था।

पद्मा के ससुर और पिता बैठक में किसी गंभीर विषय पर चर्चा कर रहे थे। पद्मा चाय लेकर पहुँची तो सेठ कन्हैयालाल ने कृष्णेंदु के बारे में पूछा।

"जी वो अभी सो रहे हैं···"

"अभी तक सो रहा है···क्यों?"

"जी···वो रात को देर से आए थे"

"कहाँ गया था?"

"वो लाखन भइया का जन्मदिन था सो···"

गुस्से से भर गए सेठ कन्हैयालाल···

"ये लाखन की कृष्णेंदु से दोस्ती बिल्कुल नहीं पसंद है मुझे···"

"कहीं शरीफ घरों के लड़के इतनी रात को लौटते हैं···"

"वैसे भी बाहर का माहौल ठीक नहीं है···कुछ ऊँच-नीच हो जाए तो···" वह एक साँस में बोले जा रहे थे।

"जाने भी दो कन्हैया···" राजेंद्र ने शांत किया।

'बाल-बच्चेदार होते घर-गृहस्थी में रमते ही सब समझ खुद ही आ जाती है।"

"इस उम्र के लड़कों पर ज्यादा जोर अच्छा नहीं। तुम तो भाग्यशाली हो, जो ऐसा आज्ञाकारी बेटा मिला। एक बार पिता के कहने पर पिता का सपना पूरा करने विलायत चला गया और क्या चाहिए···लो चाय पियो।"

राजेंद्र सेठ थोड़ा गंभीर होकर धीरे से अपने चेहरे को कन्हैया के कानों के पास लेकर आता है।

"गौर से सुनो कन्हैया···"

"खबर आई है" (बहुत ही दबे स्वर में राजेंद्र ने कहा)

"हमें आज ही रात में कार्यक्रम करना है" (गुप्त भाषा का प्रयोग कर राजेंद्र दरअसल कन्हैयालाल को नेताजी सुभाषचंद्र बोस की 'आजाद हिंद फौज' की गतिविधियों के बारे में बता रहा था)

कन्हैयालाल ने कहा—

"तो ठीक है, मोहल्ले में राम भंडार से मँगवाकर तिरंगी बर्फी बँटवा देते हैं।"

दरअसल कन्हैयालाल नेताजी की आजाद हिंद फौज की बनारस

इकाई को आर्थिक सहायता प्रदान करते हैं और राजेंद्र भी उस इकाई का नेता है, लेकिन सबकुछ इतने गुप्त रूप से हो रहा है कि यह बात समाज में लोगों को, यहाँ तक कि घरवालों को भी नहीं पता।

"आज रात चौक थाने में हमला कर बंदी क्रांतिकारियों को छुड़वाने का प्लान बनाया गया है। इसी थाने पर मेजर रोजवेल्ट वेल्स नियुक्त है।"

~❖~

क्रांतिकारी सामान्य नागरिकों की भाँति सबके साथ परिवार में रहते थे। चूँकि अंग्रेजों के मुखबिर और गुप्तचर चप्पे-चप्पे में फैले हुए थे, इसलिए ये गतिविधियाँ बहुत ही सँभालकर करते थे कि कहीं किसी को खबर न लग जाए।

उन दिनों गढ़वासी टोला से क्रांतिकारियों का अखबार 'रणभेरी' गुप्त तरीके से प्रकाशित किया जाता था। उस अखबार ने ब्रिटिश हुकूमत को हिलाकर रख दिया था। उसे कौन छापता है ? कहाँ छापता है ? उन्होंने कई बार औचक निरीक्षण किए, संदिग्ध स्थानों पर छापे डाले। लेकिन इसका पता नहीं कर पाए। दरअसल गढ़वासी टोला के जिस घर के जिस तहखाने में इसका छपाखाना था, वहाँ उसके ठीक ऊपर वाले कमरे में तबेला बनाया गया था। जैसे ही भनक लगती कि अंग्रेज सिपाही आ रहे हैं, तहखाने जाने वाली सीढ़ियों में गाय का चारा और भूसा भर दिया जाता। बहुत खोजने के बाद भी उन्हें जब कुछ नहीं मिलता तो सिपाही निराश होकर चेतावनियाँ देते हुए चले जाते। 'रणभेरी' को छापने का काम रात के दूसरे पहर इस बात की तफतीश करने के बाद कि दूर-दूर तक कोई सिपाही तो नहीं, जो इस प्रिंटिंग मशीन के चलने की आवाज सुन ले, किया जाता था।

~❖~

आज शाम को भी क्रांतिकारी कुछ बड़ा करने की योजना बना रहे, उन्होंने राम भंडार से तिरंगी बर्फियाँ लीं। तिरंगी बर्फी को भी बँटवाना एक तरह से एक गुप्त संकेत था। यह उन घरों में भेजी जाती है, जहाँ क्रांतिवीर इस आंदोलन से जुड़े थे और इसके माध्यम से सूचनाओं का आदान-प्रदान किया जाता था।

इस तिरंगी बर्फी के 'आविष्कार' की भी बहुत अनूठी कहानी है। राम भंडार के मालिक रघुनाथ प्रसाद और हनुमान प्रसाद आजादी के आंदोलन से परोक्ष रूप से जुड़े हुए थे। वे कन्हैयालाल के अच्छे मित्र थे और क्रांतिकारियों की गुप्त मंत्रणा का भी हिस्सा बनते थे। त्योहार निकट थे और राम भंडार के कारखाने में दिन-रात मिठाई बनाने का काम चल रहा था। इसलिए दोनों भाई रघुनाथ और हनुमान अपना पूरा समय यहाँ दे रहे थे। दोनों कारीगरों को काम सहेजकर बैठ 'अंग्रेजो भारत छोड़ो' आंदोलन को सफल बनाने पर चर्चा कर रहे थे कि उन्हें अंदर से तेज आवाजें सुनाई पड़ीं। दोनों झटपट अंदर पहुँचे तो देखा कि उनका मुख्य कारीगर सुक्खू दूसरे कारीगर भोला को तेजी से डाँट रहा है। 'अरे ई बर्फीया में हेतना केसर काहे डाल दहला···सेती का आवेला का? ई केसरी रंग त बस आपन राष्ट्र ध्वज में नीक लगेला।' दोनों भाई सुन रहे थे। 'राष्ट्र ध्वज' सुनते ही दोनों ने एक-दूसरे को देखा। 'स्वतंत्रता आंदोलन में ये दोनों कैसे अपना योगदान करें?' इसे लेकर वे इतने दिनों

से जो बेचैनी इन दोनों में थी, उसका हल सामने था।

'अंग्रेजो भारत छोड़ो' आंदोलन ने तिरंगे राष्ट्र ध्वज और राष्ट्र प्रेम का जज्बा घर-घर तक पहुँचा दिया था। अब आर-पार की लड़ाई शुरू हो गई थी। दोनों भाइयों ने फैसला किया कि इनका प्रतिष्ठान राम भंडार तिरंगी बर्फी बनाएगा। जो आंदोलनकारियों तक सांकेतिक संदेश पहुँचाने का माध्यम बनेगा और अंग्रेज इसको समझ भी नहीं पाएँगे। उन्होंने केसर का उपयोग केसरिया रंग, सफेद रंग लाने के लिए बादाम का प्रयोग किया और पिस्ता से हरा रंग बनाया। इन तीनों रंगों की एक के ऊपर एक सतह बनाई और हो गया आविष्कार एक नए मिष्ठान का, जिसने आजादी की लड़ाई में एक महत्त्वपूर्ण संदेशवाहक का दायित्व निभाया।

~❖~

आज एक झोले में नीचे 'रणभेरी' अखबारों को रखा गया, फिर तिरंगी बर्फी का डिब्बा, उसके बाद ऊपर के हिस्से को ताजी हरी सब्जियों से भरा गया और दल के सदस्यों तक शाम का संदेशा पहुँचा दिया गया। ऐसी महत्त्वपूर्ण सूचनाओं को क्रांतिकारी बहुत ही सतर्कता और चतुराई के साथ गंतव्य तक पहुँचाते थे।

~❖~

मुँह में पान घुलाए जद्दनबाई अपने कोठे के झरोखे से दालमंडी की गली में झाँक रही है। तभी उसे नीचे दूर से एक गरीब फेरीवाला आता दिखाई देता है। जद्दनबाई भाँप लेती है कि उसकी हालत और हालात अच्छे नहीं हैं। बेचारा किस प्रकार गली-गली फेरी लेकर घूमता होगा। दिन भर में कितनी कमाई हो जाती होगी, पाँच-छह पैसा या कभी-कभी एक आना या बहुत अच्छा दिन हुआ तो चार आना… बस। जद्दनबाई भाभुक सी होने लगती है। फेरीवाला धीरे-धीरे चलते हुए कोठे के नजदीक पहुँच जाता है। अचानक जद्दनबाई का भावपूर्ण चेहरा बदल जाता है और जैसे ही फेरीवाला कोठे के नीचे पहुँचता है, वह अपने मुँह से पान की पीक उस फेरी वाले के ऊपर डाल देती है। यह क्या? गली सी गुजर रहे और आसपास खड़े सभी हतप्रभ हो जाते हैं। यह कौन सा सलीका है बाई का? एक असहाय गरीब का ऐसा अनादर?

पान की पीक से फेरीवाले का फटा-पुराना, पैबंद लगा कुरता लाल हो जाता है। वह गुस्से भरी निगाहों से ऊपर देख, अपनी नाराजगी प्रकट कर गुस्से में बहुत तेज चिल्लाने लगता है।

जद्दनबाई मुसकराते हुए कहती है, "अमाँ मियाँ नाराज क्यों होते हैं, अरे गलती हो गई हमसे…जान-बूझकर थोड़े ही किया…हमने देखा ही नहीं तुम्हें।"

शोर सुनकर बाहर निकले रसूल मियाँ को जद्दनबाई इशारा करती

हैं। रसूल मियाँ फेरीवाले को बहुत ही आदर-सत्कार के साथ कोठे के भीतर ले आते हैं। सेवादार उस गरीब फेरीवाले को अच्छे से नहलाते हैं। उसे नए कपड़े पहनाते हैं। फिर एक थाली में स्वादिष्ट खाना परोसकर उसे भरपेट खिलाते हैं। ऐसा दिव्य भोजन देखकर फेरी वाला उस पर ऐसे टूट पड़ता है, जैसे कई दिनों का भूखा हो। फेरीवाले को पूरी तरह संतुष्ट कर रसूल मियाँ उसे विदा करने फाटक तक आते हैं। तभी पीछे से दौड़ती हुई सुरैया आती है 'बाबा…बाबा…तनिक ठहरो जरा।' उसके हाथ में अशर्फियों से भरी एक थैली होती है। सुरैया उसे फेरीवाले के हाथों में थमाते हुए कहती है… "बाबा बाईजी अपने किए पर बहुत शर्मिंदा हैं। यह छोटी सी भेंट उन्होंने आपके लिए भेजी है प्रायश्चित्त के रूप में।" फेरीवाला थैली हाथों में पकड़कर अपनी दोनों आँखें बंद कर लेता है। जैसे अपने इष्ट का शुकराना अदा कर रहा हो। उसकी आँखें छलक उठती हैं। वह आँखें खोलकर एक बार थैली की ओर देखता है और फिर रसूल मियाँ तथा सुरैया को। और सिर झुकाकर भीगी आँखों को पोंछते हुए धीरे से फाटक के बाहर निकल जाता है। बाहर निकलकर उसकी नजर ऊपर झरोखे पर पड़ती है। जहाँ जद्दनबाई अभी भी बैठी हुई थीं। जद्दनबाई ऊपर से ही झुककर फेरी वाले को प्रणाम करती हैं। भाव-विभोर फेरीवाला अपने हाथ को उठाकर आशीष देता है और सिर झुकाकर धीरे-धीरे गली में आगे चला जाता है।

~❖~

उधर सुबह से ही किसना के कुरते पर झुमका देख परेशान पद्मा कुछ निश्चय करती है। हीरे-जवाहरात के कारोबारी की बेटी होने के नाते झुमके की बनावट से उसे यह तो अंदाज हो गया था कि यह बेशकीमती जड़ाऊ काम केवल कुदई की चौकी में सेठ नारायण दास के यहाँ हो सकता है।

वह झट-पट तैयार होकर सरिता माँ से कहती है, "माँ, क्या मैं बिंदेश से मिलने जा सकती हूँ? वह पग फेरे के लिए मायके आई है।"

सरिता देवी लाड़ से बोलती है, "हाँ-हाँ पद्मा बिटिया, क्यों नहीं···"

"नंदू काका जरा बहू को उसकी सहेली के घर तक छोड़ आइए।"

बिंदेश पद्मा के बचपन की सहेली थी। हाल ही में उसका भी गौना हुआ था। पद्मा को यही बहाना ठीक लगा।

बाँसफाटक गली के मोड़ पर पहुँचते ही पद्मा ने नंदू काका से कहा, "अब आप जाइए काका, बस यहीं पर घर है मेरी सहेली बिंदेश का।"

काका के आँखों से दूर जाते ही पद्मा सिर से घूँघट कर तेज कदमों से कुदई की चौकी चल पड़ी। सेठ नारायण दास की गद्दी पहुँचकर बिना घूँघट उठाए बटुवे से उसने झुमका निकालकर कहती है कि उसे ऐसा ही झुमका बनवाना है।

सेठ ऐनक नीचे कर गौर से झुमका देख बोल उठते हैं, "अरे जगन, देखो तो जरा, यह झुमका तो सेठ बनवारी लाल बनवाए रहे, दालमंडी

की उस नगरवधू नायाब जान बानो को नजराना देने के लिए, यह आपको कहाँ से मिल गया बिटिया रानी?"

थोड़ा झेंपते हुए पद्मा ने कहा, "दरअसल मैं वहीं से आ रही हूँ।"

"नायाब जान बानो से कान का एक झुमका कहीं गिर गया है। कहीं सेठजी को पता चले और वे बुरा न मान जाएँ, इसलिए सोचा दूसरा बनवा लेते हैं।"

"वो पूछ रही थीं, कितने में बन जाएगा?"

सेठ नारायण दास ने तुरंत ही झुमके को ऊपर नीचे घुमाते हुए कहा, "50 अशरफियाँ लगेंगी इस विशेष झुमके को बनाने में।"

पद्मा ने उठते हुए कहा, "अच्छा सेठजी, मैं नायाब जान बानो को बता देती हूँ, फिर आगे जैसा वे कहें।"

गद्दी से बाहर आते ही पद्मा का सिर चकराने लगा, 'हे प्रभु! यह क्या हो गया? किसना तो ऐसा न था···कोई ऐब नहीं, किसी बुरी लत का शिकार नहीं।'

'ये दालमंडी, कोठा, नगरवधू···'

'जरूर उस नगरवधू ने उसके भोले किसना को फँसा लिया है···'

सोचते-सोचते सहसा उसके कदम दालमंडी की ओर बढ़ गए।

थोड़ा आगे बढ़ एक पान की दुकान वाले से उसने पूछा, "भैया, यह नायाब जान बानो का कोठा कहाँ है?"

थोड़ी हैरत से घूँघट ओढ़े पद्मा को देखते हुए उसने बताया कि चार मकान छोड़ बाईं हाथ को है!

दोपहर का सूरज ढलने को हो रहा था, शाम के कोई पाँच बजने वाले थे।

पद्मा सीढ़ियों से चढ़ती हुई सीधे कोठे के आँगन तक जा पहुँची। वह पहली बार किसी कोठे के अंदर आई थी···उसके मन में अपनी उलझनों के साथ थोड़ी घबराहट सी भी हो रही थी।

वहाँ सुरैया और रसूल मियाँ शाम के मुजरे की तैयारी कर रहे थे।

पद्मा को देख चौंक गए।

रसूल मियाँ ने पूछा—"आप कौन बीबी?"

"मुझे नायाब जान बानो से मिलना है।" पद्मा ने दृढ़-निश्चयी आवाज में कहा।

आवाज की तलखी से सुरैया चौकन्ना हो गई, तभी ऊपर बने कमरे से नीचे आँगन से अहाते की ओर जा रही नायाब जान का ध्यान भी पद्मा पर गया।

सुरैया ने पूछा, "लेकिन आप हैं कौन और नायाब जान बानोजी से क्या काम है? क्यों मिलना चाहती हैं आप उनसे?"

पद्मा ने कहा, "उनका कुछ बेशकीमती सामान मेरे पास है, वह लौटाने आई हूँ।"

नायाब जान बानो को भी अब इस घूँघटनशीं की बातें अजीब लग रही थीं, उसने सुरैया को इशारे से चुप रहने को कहा और खुद आगे बढ़कर पद्मा के सामने आ गई।

"जी, मैं ही हूँ नायाब जान बानो!"

वह मधुर सी आवाज सुनते ही पद्मा ठिठक गई।

उसने अपना घूँघट उठाया।

नायाब जान और पद्मा दोनों आमने-सामने थीं।

जहाँ हैरत भरी नजरों से नायाब जान पद्मा को देख रही थी, वहीं पद्मा की नजरों में नायाब जान के लिए हिकारत भरी थी।

तो यह है वह जादूगरनी, जिसने मेरे किसना को उसकी बचपन की मोहब्बत से, उसकी ब्याहता पद्मा से दूर कर दिया है।

लेकिन पद्मा भी मन में उलाहना देते हुए नायाब जान के करिश्माई नूर को देख विस्मृत हो रही थी···साधारण से कलीदार सलवार-सूट में भी नायाब जान के बदन का लोच अत्यंत आकर्षक था।

"मुआफ कीजिएगा, मैंने आपको पहचाना नहीं।"

नायाब जान की आवाज और अंदाज में एक अजीब सा जादू था, इस बात से तो पद्मा भी इत्तेफाक कर रही थी, लेकिन फिर भी दिल बहलाना और बात है और दिल लगा लेना और··· !

बनारस के रईसों के शौक से वाकिफ थी पद्मा। उसे भी शायद कृष्णेंदु का दालमंडी आना और गाना-बजाना-सुनना उतना बुरा नहीं लगता, लेकिन रात बिताना··· ! यह उसे कतई गवारा न था। उसकी स्त्री-अस्मिता पर गहरा आघात था यह।

बटुवे में से झुमका निकालकर नायाब जान बानो के सामने दिखाती हुई पद्मा ने कहा, "आपका यह झुमका मेरे पति सेठ कृष्णेंदु किशोर चंद के कुरते में रह गया था। बेशकीमती चीजों और रिश्तों को सहेजकर रखा जाता है।"

पद्मा के ताने का अर्थ नायाब जान को समझ आ गया था।

"मैं किसी सेठ कृष्णेंदु किशोर चंद को नहीं जानती, जिनके कुरते में कल रात मेरा यह झुमका रह गया था, उनका नाम 'राज कुँवर' है।"

"वो 'राज कुँवर' ही मेरा किसना है!"

पद्मा ने नाराजगी भरे स्वर में कहा, लेकिन नायाब जान को उसकी लाचारगी लगी।

"तुम रूपसी हो नायाब जान बानो, कितने ही आशिक हैं तुम्हारे, और होने भी चाहिए, लेकिन मेरे जीवन में बचपन से लेकर जवानी तक और जब तक जीवन है, तब तक, किसना के सिवा न कोई था, न कोई हो सकता है।"

"यही तो बात है।" नायाब जान बानो ने कहा।

"आप प्रेम कर सकती हैं···लेकिन देखिए, हम नगरवधुओं को तो इश्क का इख्तियार ही नहीं।"

आँखों में आँसू भर पद्मा ने कहा, "आपसे तो कितने प्रेम करते हैं, लेकिन मैं अपने जीवन में किसी और द्वारा प्रेम किए जाने की कल्पना भी नहीं कर सकती।"

नायाब जान ने दोनों हाथों में पद्मा के चेहरे को भर बहुत प्यार से देखा और उसके आँसू पोंछते हुए कहा—

"पद्म···" (ओह, तो किसना ने मेरे बारे में भी बताया हुआ है इसे···अपना प्यार वाला नाम नायाब जान के मुख से सुन पद्मा को अचरज हुआ)···

"जितना प्यार तुम किसना से करती हो, उतना ही प्यार किसना भी तुमसे करता है···लेकिन किसना के भीतर का 'राज कुँवर' उसे मेरे पास लाता है और यकीन मानो, मेरे कई चाहने वाले हैं, लेकिन नायाब जान अगर किसी से इश्क करती है और आखिरी साँस तक करती रहेगी तो वह 'राज कुँवर' है।"

मुँह फेरकर घूँघट काढ़े हुए तेज कदमों से पद्मा कोठे की सीढ़ियाँ उतर गई।

नायाब जान अपनी आँखों की नमी छुपाते हुए शाम के मुजरे के लिए तैयार होने के लिए अहाते की ओर बढ़ते हुए अपने भरे जी से मन-ही-मन कुछ तय करने लगी।

अँधेरा होने से पहले पद्मा घर आ चुकी थी। छत पर अपने कमरे में कृष्णेंदु को मेज-कुरसी पर लिखने में गुम देख नायाब जान की बातें उसके मस्तिष्क में चलने लगी।

"वो 'राज कुँवर' है, जिसे सुकून नायाब जान की बाँहों में मिलता है।"

बिना कुछ कहे पद्मा नीचे रसोईघर में रात के खाने की तैयारी में हाथ बँटाने चली गई···रात के नौ बजते ही चौक थाना गोलियों की थरथराहट से गूँज उठा···अचानक हुए इस हमले से अंग्रेजी शासक सकते में आ गए···जेलों में बंद क्रांतिकारियों को छुड़ाने आजाद हिंद फौज के जवान हथियारों से लैस थे···दोनों तरफ बंदूकें तन गईं···चौक में भगदड़ मच गई और दालमंडी में भी अफरा-तफरी छा गई।

अंग्रेजों ने 'फायर···किल द बास्टर्डस' बोलते हुए हमलावरों को दबोचने का काम शुरू कर दिया। इसी गोलीबारी में राजेंद्र को गोली लग गई और बुरी तरह से घायल अवस्था में उन्हें खींचकर ठठेरी बाजार में सेठ कन्हैयालाल की हवेली ले जाया गया।

उधर जेल से छूटे क्रांतिकारी दालमंडी की ओर भागे। मेजर रोजवेल्ट ने उन्हें दालमंडी भागते हुए देख लिया। एक टुकड़ी लेकर वह उनका पीछा करने लगा।

कुछ क्रांतिकारी जद्दनबाई के कोठे पर जाते हुए दिखे। रोजवेल्ट का माथा ठनका। अब उसे समझ में आ रहा था कि क्रांतिकारी उसकी ही नाक के नीचे मिलते और योजनाएँ बनाते और वो उन्हें क्यों पकड़ नहीं पाता था। दरअसल जिन कोठों को वो मनोरंजन का स्थान समझता रहा वो तो इन देशप्रेमियों की पनाहगार निकली। इन कोठों की बाई और नगरवधुएँ भी देश के स्वतंत्रता आंदोलन का एक महत्त्वपूर्ण हिस्सा थीं। यहाँ आनेवाला कोई भी इसे गीत संगीत की महफिल समझता, वहीं क्रांतिकारी भी उसी मिजाज में कोठों में प्रवेश करते और गुप्त मार्ग से कोठों के तहखानों तक पहुँच जाते। वहाँ उनके रहने खाने का पूरा बंदोबस्त रहता। जहाँ वो विश्राम करते और अगली योजनाएँ बनाते। चौक थाने से चंद कदमों की दूरी पर चल रही इन गतिविधियों पर किसी का ध्यान ही नहीं जाता। रोजवेल्ट का दिमाग घूम गया, अपने को संभालते हुए वो भी कोठे पर चढ़ फायरिंग करने लगा। रसूल मियाँ ने मौके की नजाकत भाँपते हुए जद्दनबाई, नायाब जान बानो, सुरैया और दोनों क्रांतिकारियों को सुरंग के रास्ते किसी प्रकार नई सड़क तक निकाल दिया। तभी उसे रामू काका बैलगाड़ी से विश्वेसरगंज मंडी से अपने घर लौटते हुए दिखाई पड़े। रसूल मियाँ चिल्लाए, 'रामू काका'। रामू काका ठहरे⋯रसूल मियाँ दौड़कर उनके पास पहुँचे, सारी बात बताई और उनसे आग्रह किया किया उन्हें वह किसी तरह स्टेशन पहुँचा दें।

इधर कोठे में कोई भी न मिलने से बुरी तरह क्रोधित रोजवेल्ट आगबबूला हो उठा। उसने गुस्से में पूरे कोठे को तहस-नहस कर अपनी कुंठा निकाली।

स्टेशन से कलकत्ते की ट्रेन में सबको बैठाकर रसूल मियाँ वहीं रुक गए। उन्होंने जद्दनबाई से कहा, "मैं गाजीपुर अपने गाँव जा रहा हूँ। आप कलकत्ते पहुँचकर स्थित हो जाइए। आप जब भी संदेशा भेजेंगी, मैं आपकी खिदमत में हाजिर हो जाऊँगा।"

ट्रेन चलने को हुई तो नायाब जान रसूल मियाँ के पास आई। उसने रसूल मियाँ से एक वादा ले लिया कि वह 'राज कुँवर' को कभी नहीं बताएँगे कि हम सब कलकत्ते में हैं।

भारी मन से रसूल मियाँ ने हामी भर दी। "आप सब अपना खयाल रखिएगा" कहते हुए सबको विदाई दी।

रोजवेल्ट गुस्से में पैर पटक रहा था, तब तक उसकी नजर सोने के पिंजरे के अंदर बैठे उस अनूठे पक्षी पशुपतिनाथ पर पड़ी। जल्दी में जान बचाकर निकलने के कारण नायाब जान उसे साथ ले जाना भूल गई थी। रोजवेल्ट ने सिपाही से उसे अपने बँगले में ले जाने के लिए कहता है।

इधर कन्हैयालाल के घर में कोहराम सा मचा हुआ था। डर के मारे राजेंद्र को अस्पताल नहीं ले जाया सकता था। बाहर पुलिस का कड़ा पहरा था, गली-मोहल्लों में तेजी से जाँच हो रही थी। ऐसे में घर पर ही चुपके से डॉक्टर बाबू को बुलवाकर इलाज चालू किया गया है।

पद्मा, कृष्णेंदु, कन्हैयालाल, सरिता देवी अपनी घबराहट को सँभालते हुए राजेंद्र बाबू की तीमारदारी में लग गए। रात भर सब उनके आसपास ही थे।

पद्मा किसना से थोड़ी कटी-कटी सी थी। किसना ने समझा, पिता की इस हालत के कारण शायद परेशान है।

अगले दिन गाजीपुर जाने से पहले रसूल मियाँ लाखन की गल्ले की गद्दी पर जाकर पिछले दिन की सारी घटना बता देते हैं। पद्मा का नायाब जान के पास जाना और रात को कोठे पर हमले से लेकर इन सबका बनारस छोड़कर जाना। बस कहाँ गए, यह नहीं बताते हैं।

दौड़ता हुआ लाखन किसना के घर आता है। अंदर का हाल देख किसना को छत पर चलने का इशारा करता है। रसूल मियाँ की बताई सारी बात किसना से कह लौट जाता है।

नायाब जान बनारस छोड़कर चली गई है हमेशा के लिए⋯

यह जानकर 'राज कुँवर' जैसे सुन्न हो जाता है।

'पद्म⋯दालमंडी गई थी?'

यह सोच उसका सिर चकराने लगता है।

लाखन को हड़बड़ाते हुए घर से बाहर जाते देख पद्मा छत पर जाती है।

कमरे में मेज पर सिर झुकाए बैठे किसना को देख तल्ख आवाज में 'क्या हुआ?' बोलती है।

सिर उठाकर 'राज कुँवर' पद्मा की आँखों में अपने लिए तिरस्कार के भाव पढ़ लेता है, उसे अपने आप से घृणा होने लगती है, उसे लग रहा था कि जाने-अनजाने वह पद्मा के साथ अन्याय कर रहा है, उसकी दिमागी उलझनें बढ़ती जा रही थीं⋯

तभी यकायक नंदू काका भागते हुए आते हैं।

"बहूजी, बाबूजी आपको नीचे बुला रहे हैं।"

किसी अनहोनी के डर से भागती हुई पद्मा नीचे आती है।

'राज कुंवर' तो जैसे जड़ हो चुका है···उसकी साँसें उखड़ने सी लगी हैं। नायाब जान के चले जाने का खयाल उसके सीने में खंजर की तरह चुभ रहा होता है।

वह अपने को बिना आत्मा के शरीर के रूप में मृतप्राय महसूस करने लगता है।

रात के गहरे सन्नाटे में 'राज कुंवर' मणिकर्णिका घाट पहुँच जाता है। उसे कोई होश नहीं है, कैसे गलियों से चलते हुए वह वहाँ तक पहुँच गया।

एकांत में बैठ एकटक जलती हुई चिताओं को देख अपने आप को भी एक जलती हुई चिता जैसा महसूस कर रहा है। ऐसा ही तो है वह नायाब जान के बिना।

"आ गए?"

अचानक से किसी ने उससे पूछा।

हैरान हो 'राज कुँवर' ने पीछे मुड़कर देखा तो बड़ी-बड़ी लाल आँखों वाला सफेद बालों और लंबी दाढ़ी, माथे चिता भस्म लगाए, तन पर मात्र एक ओढ़ना और एक झीनी धोती पहने एक साधु महाराज खड़े थे।

ऐसी दिव्य आकृति 'राज कुंवर' ने पहले कभी नहीं देखी थी। एक अलग ही ओज था उनके चारों ओर।

"चलो···"

बस इतना ही कहा बाबा ने और वह उनके पीछे-पीछे चल पड़ा।

घाट किनारे लगी नाव में दोनों बैठ गए।

बाबाजी स्वयं नाव खेने लगे।

गंगा के उस पार पसरे गहरे सन्नाटे और अंधकार में एक कुटिया के भीतर की हलकी रोशनी दिखाई दी।

बाबा के पीछे-पीछे चलता राज कुँवर कुटिया के अंदर चला गया।

चारों तरफ नरमुंड और तंत्र क्रिया का सामान पड़ा था। बाबा ने 'राज कुँवर' के ललाट पर कुछ मंत्र पढ़ते हुए चिता भस्म लगाया और 'राज कुँवर' को नींद सी आने लगी। नीचे बालू पर बिछी घास की चटाई पर वह किसी मासूम बच्चे की तरह गहरी नींद में इतने इत्मीनान से सो गया, जैसे अरसे बाद ठीक से नींद आई हो।

अगले दिन की भोर उसका नया सवेरा थी। अध्यात्म की ऊँचाइयों से उसे परिचित कराने के लिए सर्वप्रथम बाबा ने उसे गंगा स्नान करवाया। अब गंडा बाँधते हुए कहा, "देखो बच्चा, मैं जानता हूँ तुम्हारे मन में इस समय अनेक प्रश्न होंगे। तुम्हारे हर प्रश्न का उत्तर तुम्हें स्वयं मिलता जाएगा···इस जीवन में हर एक को उस ईश्वर ने किसी उद्देश्य के लिए भेजा है···पूर्व जनमों के कार्य के अनुसार इस जन्म में तुम्हें सामान्य जीवन नहीं जीना था···प्रेम की गहराई को समझे बिना ईश्वर नहीं मिलते···ये मार्ग तुम्हारा परमपिता से साक्षात्कार करने के लिए था, तुम्हें 'उसने' चुना है, इसलिए यहाँ आए हो तुम।"

"लीन हो जाओ साधना में, पा लो अपने भीतर के हर प्रश्न का उत्तर···

"मिल जाओ उस परमात्मा में, यही हर आत्मा की परिणति है!"

कहकर बाबाजी अंतर्ध्यान हो गए।

विस्मित होकर 'राज कुँवर' देखता रह गया और जाने कैसे उसकी

आँखें बंद सी हो गईं··· 'ॐ···' की ध्वनि उसके कंठ से निकालकर ब्रह्मांड से एकाकार हो रही थी।

किसी को भी दुःखी नहीं देख सकने वाला नर्म दिल का कृष्णेंदु उर्फ राज कुँवर सबकुछ त्याग चुका था। योगी बाबाजी की बातें उसके कानों में गूँज रही थीं···

'जब सारा जहाँ कर लेगा तुमसे किनारा
तब गंगा का किनारा देगा तुमको सहारा···'

नायाब जान के वियोग और पद्मा के तिरस्कार से भीतर तक आहत 'राज कुँवर' बाँस और फूँस से निर्मित उस छोटी कुटिया में ध्यानस्थ हो जाता है। जैसे-जैसे उसकी साधना गहरी होती जाती है वैसे-वैसे उसके भीतर के अनगिनत प्रश्नों के उत्तर मिलने लगते हैं। 'कौन हूँ मैं?'

अपने धन-संपदा और वैभवपूर्ण जीवन का त्याग कर प्रेम की राह पर चलता हुआ नायक साधना के इस चरण तक पहुँच जाता है। बनारस का खाँटी रईस युवक अब लंबी दाढ़ी और शरीर पर मात्र दो वस्त्र धारण किए जीवनयापन करने लगता है।

धीरे-धीरे कई दिन बीत जाते हैं। कृष्णेंदु की कोई खबर नहीं मिल रही थी। सेठ कन्हैयालाल ने उसकी खोज में पूरा बनारस एक कर दिया था। उन्हें एक डर यह भी था कि अंग्रेजी हुकूमत ने ही कहीं उनके लाड़ले कृष्णेंदु को बंधक तो नहीं बना लिया।

सरिता देवी और अम्माजी का हाल भी बुरा था। जाने किसकी नजर लग गई हमारे हँसते-खेलते परिवार को।

उधर राजेंद्र बाबू की भी तबीयत खराब होती ही जा रही थी। नायाब जान के कोठे वाली घटना से अनभिज्ञ पद्मा को लगा कि शायद किसना नायाब जान के साथ ही कहीं चला गया है। घरवालों को कुछ बताना उसने उचित न समझा। अपने आत्मसम्मान और सिंदूर की लाज उसे रखनी थी।

एक माह बाद से चल रहे भरसक प्रयासों के बाद भी राजेंद्र बाबू की हालत दिन पर दिन बिगड़ती ही जा रही थी। कदाचित् राजेंद्र बाबू की हिम्मत ही जवाब दे गई और अंततः उन्हें बचाया न जा सका।

देश आजादी की लड़ाई की आग में बुरी तरह जल रहा था। बनारस में भी अब हर घर से 'अंग्रेजो भारत छोड़ो' के नारे गूँजने लगे थे। आजाद हिंद फौज की बनारस इकाई को नए नेता की तलाश थी।

पद्मा ने कहा, मेरे पिताजी की कुर्बानी बेकार नहीं जाएगी। आज से मैं भी इस इकाई का हिस्सा बनूँगी। आजाद हिंद फौज के बनारस

इकाई के सभी सदस्यों ने पद्मा के इस फैसले का स्वागत किया। दल की एक आपात बैठक बुलाई गई। जिनमें राजेंद्र बाबू को देश के लिए दी गई उनकी कुर्बानी के लिए नमन किया गया। उनके सम्मान में दो मिनट का मौन रखने के उपरांत बैठक आरंभ हुई। दल के एक सदस्य ने उठकर अपने नए अगुआ के लिए पद्मा का नाम प्रस्तावित कर दिया। सभी ने सर्वसम्मति से पद्मा को अपना नया नेता चुन लिया।

पद्मा के अंदर की देशभक्ति उबाल लेने लगी। बचपन से ऐसे ही माहौल में पली-बढ़ी पद्मा के लिए अब अपने पिताजी के पूर्ण स्वराज मिशन का हिस्सा बनकर देश का कर्ज उतारने का समय आ गया था। उसने अपने पिताजी का पुण्य स्मरण करते हुए इस नई जिम्मेदारी को सँभालने के लिए हामी भर दी। सेठ कन्हैयालाल सहित दोनों परिवार ने इस क्रांतिकारी फैसले में पद्मा के साथ खड़े होकर उसे अपना पूर्ण समर्थन दिया।

1942 के बनारस और पूरे भारत का एक ही मकसद था—'अंग्रेजो, भारत छोड़ो।'

महीने बीतते चले गए…एक रोज लाखन के बड़े भाई के ब्याह के बाद गंगा पुजैया और मन्नत की आर-पार की माला चढ़ाने लाखन उस पार जाता है। वहाँ एक कुटिया के बगल में साधु वेश में साधनारत व्यक्ति उसे जाना-पहचाना सा प्रतीत होता है। अपनी दुविधा को दूर करने जैसे ही लाखन उस स्थान पर जाता है, वह किसना को पहचान लेता है।

अपने बालसखा किसना को इस हाल में देख लाखन की आँखें भर उठती हैं, वह फूट-फूटकर रो पड़ता है।

लेकिन 'राज कुँवर' लाखन को अपने जीवन की यात्रा से अवगत करवाते हुए वादा लेता है कि उसके घरवालों को वह उसके इस फैसले के बारे में नहीं बताएगा। लाखन उसे राजेंद्र बाबू की मृत्यु और पद्मा के आंदोलन का नेता बन जाने के बारे में बताता है।

शांतचित्त हो 'राज कुँवर' उसकी सारी बातें सुनकर फिर कभी मिलने की बात को कह उसे वहाँ से भेज देता है।

उधर कलकत्ता में जद्दनबाई अपना नया कोठा बना लेती है। रसूल मियाँ को गाजीपुर से बुलावा भेजती है। रसूल मियाँ कोलकता जाने के लिए बनारस आते हैं। रात की ट्रेन है, अभी बहुत समय है, ऐसा सोच वह चौक से कुछ खरीदारी करने लगते हैं।

वहाँ उनकी मुलाकात फिर लाखन से हो जाती है, जो किसना के संन्यास ले लेने और पद्मा के पिता की जगह क्रांतिकारी नेता बन जाने की बात रसूल मियाँ को बता देता है।

अगले दिन कलकत्ता पहुँच जब रसूल मियाँ नायाब जान बानो से मिलते हैं तो वही सारी बात वे उसे भी बताते हैं।

नायाब जान बानो को यकीन था कि उसके जाते ही कृष्णेंदु और पद्मा हमेशा के लिए एक-दूसरे के होकर जीवन भर साथ रहेंगे। उसका क्या था, उसे तो ईश्वर ने नगरवधू का जीवन जीने के लिए धरती पर भेजा है। उसकी किस्मत में सच्चा इश्क कहाँ लिखा था। राज कुँवर की यादों के सहारे ही मायूसियों के आगोश में वह दिन काट रही थी... लेकिन अब तो जैसे उसके पैरों के नीचे से जमीन खिसक गई...उसकी आशाओं पर भयंकर वज्रपात सा हो गया।

राज कुँवर के दुनिया छोड़ संन्यासी बन जाने की बात जानकर उसके दिल में दर्द भरी टीस उठी…उसने तुरंत ही रसूल मियाँ से कहा, "मुझे मेरे 'राज कुँवर' के पास ले चलिए, मैं ताउम्र आपका एहसान मानूँगी।"

राज कुँवर और नायाब जान के सच्चे इश्क से वाकिफ रसूल मियाँ नायाब जान को लेकर बनारस के लिए रवाना हो जाते हैं।

कलकत्ते आते हुए रसूल मियाँ ने लाखन से राज कुँवर की कुटिया का पता पूछ लिया था। पहुँचते-पहुँचते शाम हो जाती है, लेकिन नायाब जान की जिद है कि उसे इसी समय अपने 'राज कुँवर' के पास जाना है। बुलानाला से सुढ़िया के रास्ते ठठेरी बाजार की ओर बढ़ते हुए लॉर्ड रोजवेल्ट वेल्स रसूल मियाँ को पहचान लेता है। कोठे से क्रांतिकारियों और नायाब जान को भगाते समय उसने रसूल मियाँ को देख लिया था। तब ही से खार खाए बैठा था। आज मौका मिला है…

वह उन दोनों का पीछा करने लगा।

कड़कती बिजली के बीच बारिश की और किसी अनहोनी की आशंका में जहाँ पद्मा छत पर इधर-उधर टहलने लगी…वहीं लाखन का भी इस तूफानी मौसम में मन बेचैन होने लगा और उसने बाबा काल भैरव के दर्शन किए…फिर उसके कदम खुद ही गोलघर से सीधे मणिकर्णिका घाट की ओर चल पड़े। उसने सोचा, इस पार से ही अपने मित्र को देखकर तसल्ली कर लूँ।

आसमान में छाए डरावने काले बादलों ने अब बरसना शुरू कर दिया था। रसूल मियाँ और नायाब जान अभी सुढ़िया गली को पार कर

ही रहे थे कि अचानक रोजवेल्ट बंदूक लिये सामने आ जाता है···वह नायाब जान पर बंदूक तान देता है। उसकी उँगलियाँ ट्रीगर को कसने लगती हैं और एक के बाद एक करके दो कान का परदा फाड़ देने वाली आवाजें आती हैं··· 'धाँय-धाँय'! अचानक झटके से रसूल मियाँ नायाब जान को धक्का देते हैं और कहते हैं कि आप पीछे वाली गली से भागो···खुद रसूल मियाँ लॉर्ड रोजवेल्ट के सामने आ जाते हैं। दोनों गोलियाँ रसूल मियाँ के सीने में आर-पार कर जाती हैं··· 'या खुदा' कहते हुए वह लड़खड़ाकर गिर पड़ते हैं। नायाब जान चीखते हुए सामने की गली में घुस जाती है···रोजवेल्ट फिर से नायाब जान पर निशाना साधता है···रोजवेल्ट ट्रीगर दबाने ही वाला होता है कि अचानक से सामने एक बैल आ जाता है··· 'रास्कल' रोजवेल्ट क्रोध से गुर्रा उठता है। नायाब जान अंधाधुंध भागे जा रही थी, वह किसी भी प्रकार जल्द-से-जल्द घाट पहुँच जाना चाहती थी।

रोजवेल्ट फिर नायाब जान के पीछे हो लेता है···बारिश तेज होती जा रही थी। सभी अपने घरों-दुकानों में दुबके हुए थे। अमूमन इस समय चहल-पहल और भीड़ से भरी रहने वाली गलियों में आज अजीब सी शांति पसरी हुई थी।

घाट की ओर तेजी से बढ़ रहे लाखन को अचानक पायल पहन के किसी के दौड़ने की आवाज सुनाई पड़ती है···एक महिला तेजी से सामने वाली गली से निकलकर राम भंडार की ओर जाने वाली गली में घुस जाती है। "अरे यह तो नायाब जान है।" लाखन चौंक जाता है। तभी उसे बूटों की भी तेज आवाज सुनाई पड़ने लगती है। वह एक

गुमटी की आड़ में छुप जाता है। वह गुमटी के छेद से झाँकता है तो उसे सामने से बंदूक लिए रोजवेल्ट दौड़ते हुए आता दिखाई पड़ता है।

'अरे रोजवेल्ट, नायाब जान के पीछे…'

'अब मुझे ही कुछ करना पड़ेगा…'

वह गुमटी के बगल में पड़े एक डंडे को उठा लेता है और रोजवेल्ट के समीप आने की प्रतीक्षा करने लगता है। जैसे ही रोजवेल्ट उस गुमटी के बगल से निकलता है, लाखन पीछे से रोजवेल्ट के सिर पर डंडे से बहुत तेज प्रहार करता है। अचानक हुए इस हमले से रोजवेल्ट सकपका जाता है। उसने कल्पना भी नहीं की थी कि कोई उस पर हमला करने का साहस करेगा। वह एक हाथ से सिर पकड़कर गली में धड़ाम से गिर पड़ता है। उसकी रायफल छिटककर थोड़ी दूर जाकर गिर जाती है। लाखन तेजी से झुकता है और कस के एक मुक्का रोजवेल्ट के चेहरे पर जड़ देता है। रोजवेल्ट का सिर घूम जाता है। पर खुद को सँभालते हुए वह तेजी से उठता है, फिर दोनों में हाथापाई शुरू हो जाती है। आपस में लड़ते-लड़ते दोनों की निगाह गली में गिरी बंदूक पर पड़ती है। दोनों उसकी तरफ लपकते हैं और एक साथ ही उस बंदूक को उठा लेते हैं। फिर उस बंदूक को छीनने के लिए गुत्थम-गुत्था होने लगती है। लाखन रोजवेल्ट पर भारी पड़ने लगता है। एक समय अखाड़ों की शान रहा लाखन एक दाँव लगता है और रोजवेल्ट को जमीन पर पटक देता है, लेकिन दोनों ने बंदूक को बहुत कस के पकड़ा हुआ था। रोजवेल्ट नीचे गली में गिरा हुआ है और लाखन उसके ऊपर। तभी धाँय से एक फायर होता है। कुछ क्षण

के लिए चारों ओर सन्नाटा छा जाता है।

कुछ क्षण के बाद रोजवेल्ट के ऊपर से लाखन एक तरफ लुढ़क जाता है। इस हाथापाई में चली गोली लाखन को लग चुकी थी। गली में पड़ा रोजवेल्ट एक गहरी साँस लेता है। तभी उसकी निगाह सामने वाले खंबे के ऊपरी हिस्से पर पड़ती है। उसका होश उड़ जाता है। ऊपर खंबे में वह किसना का पक्षी पशुपतिनाथ बैठा था। 'हे यू···'

"यह मेरे बँगले में पिंजरे से आखिर बाहर निकला कैसे?"

रोजवेल्ट लेटे-लेटे उस पर फायर कर देता है, लेकिन चालाक पशुपतिनाथ बचते हुए तेजी से वहाँ से उड़ जाता है।

काली घटाएँ बहुत तेजी से घिरने लगी थीं। आसमान भी डरावनी सी लालिमा बिखेरने लगा था। शाम को ही हर तरफ अँधेरा छा गया था। हवाएँ तूफानी हो चली थीं। विश्वनाथ मंदिर जा रहे जगन सरदार ने अपनी गति बढ़ा दी थी। 'ऐसा भयानक मौसम तो मैंने अपने पूरे जीवन में कभी देखा ही नहीं, जाने क्यों ऐसा महसूस हो रहा है कि कहीं कुछ अनहोनी न हो जाए।'

"अरे जगन सरदार क्या हो गया? कहाँ सरपट भागे जा रहे हो?" पीछे पान की दुकान से आवाज आई। "महादेव केशव भैया! देख रहे हैं न, कैसा अजीब सा मौसम हो गया है। बस, जल्दी से चौक पहुँचकर बेलपत्र, फूल लेकर बाबा के दरबार पहुँच जाऊँ और दर्शन-पूजन करके सीधे घर। लग रहा है, आज बहुत घनघोर बरसात होगी।"

"सही कह रहे हो जगन सरदार। आज पान की गिलौरी बिना लिये आगे बढ़ गए तो मैंने टोक दिया। वाकई मौसम तो बहुत खराब हो रहा

है। महादेव सबकी रक्षा करें।" जगन सरदार पीछे घूमे और दुकान के पास पहुँचे। केशव ने बिना देर किए पान का बीड़ा जगन सरदार को थमा दिया। पान मुँह में घुलाते हुए जगन सरदार ने कहा, "गुरु आज तुरंत निकल रहा हूँ, कल संझा को बैठकी होगी 'महादेव'।" केशव ने भी मुसकराते हुए हाथ उठा दिया 'महादेव'।

जगन सरदार चौखंबा से जैसे ही ठठेरी बाजार पहुँचा था, मोटी-मोटी बूँदें गिरने लगीं। पट-पट, पट-पट ऐसे शोर शुरू हो गया, जैसे इंद्रदेव रुष्ट होकर आकाश से पत्थर बरसा रहे हों। बारिश तेज होने लगी थी। 'ऐसे बढ़ूँगा तो अच्छे से भीग जाऊँगा, कहीं चोट-चपेट लग गई सो अलग।' बुदबुदाते हुए जगन सरदार एक गुमटी की ओट में खड़ा हो गया। 'महादेव सबकी रक्षा करें।' 'महादेव सबकी रक्षा करें।'

अपने को समेटकर किनारे खड़े जगन सरदार अपना सिर गमछे से पोंछते हुए सोच ही रहे थे··· 'आज ऐसा जान पड़ रहा है कि यह बारिश जल्दी रुकेगी नहीं···' तभी अचानक छन-छन की आवाजें सुनाई दीं। जगन सरदार को लगा कि कोई महिला पाजेब पहनकर उसी तरफ दौड़ते हुए चली आ रही है। आवाज धीरे-धीरे तेज और स्पष्ट हो रही थी और तेज बारिश के बीच आसमान में बिजलियाँ भी ऐसे कड़क रही थीं, जैसे वहीं गिर जाएँगी।

जगन सरदार कुछ समझते पाते, तब तक तेजी से दौड़ती हुई एक खूबसूरत महिला राम भंडार के बगल वाली गली से निकली और हाँफते हुए सामने से ब्रह्मनाल वाली गली में घुस गई। "अरे ये तो 'नायाब जान···!" जगन सरदार का मुँह खुला-का-खुला रह गया।

अभी वह अपने दिमाग को स्थिर कर पाता, तब तक उसी तरफ से कुछ और आवाजें आने लगीं। 'अब यह क्या है?' जगन सरदार ने उसी तरफ फिर से अपने कान लगा दिए। 'ये तो बूटों की आवाज है'··· 'किसी अंग्रेज अफसर के बूटों की आवाज।'

जगन सरदार का दिमाग घूमने लगा—'यह माजरा क्या है आखिर'··· 'क्या कोई नायाब जान के पीछे है?' वह उसी उधेड़बुन में था और मन में उठ रही जिज्ञासाओं को शांत करने का प्रयास कर ही रहा था, तभी गुस्से में तमतमाया एक अंग्रेज ऑफिसर उसी राम भंडार के बगल वाली गली से दौड़ते हुए निकल सामने ब्रह्मनाल वाली गली में घुस गया।

'अरे यह तो आदमखोर अफसर रोजवेल्ट है'··· 'यह नायाब जान के पीछे··· ?' 'हाथ में बंदूक लेकर··· ?' जगन सरदार का सिर चक्कर खाने लगा।

तूफानी बरसात में नायाब जान एक साँस में फिसलन वाली गीली गलियों में भागती जा रही थी। ओजस्वी चेहरे पर एक गजब सा आत्म-विश्वास···एक उम्मीदों से भरा चेहरा···आँख जैसे कुछ तलाश रही हो··· ऐसा लग रहा था कि जैसे उसे अपनी मंजिल का पता चल गया हो···

वह तेजी से भाग रही थी कि अचानक सामने वाली गली से एक गाय निकलकर उसके सामने आ आई। सबकुछ इतनी जल्दी हुआ कि नायाब जान अपने आपको सँभाल नहीं सकी और उस गाय से बुरी तरह टकरा गई। 'गऊ माता क्षमा करना' अपने दाएँ हाथ को माथे से लगाकर लड़खड़ाती नायाब जान खुद को किसी प्रकार सँभालते हुए फिर आगे दौड़ पड़ी।

दौड़ते-दौड़ते पीछे से बूटों की आवाजें अब उसके कानों में भी सुनाई देने लगी थीं। उसके माथे पर शिकन आ गई। 'ये फिर आ रहा है मेरे पीछे··· ?' नायाब जान ने अपनी गति बढ़ा दी।

बूटों की आवाज स्पष्ट होती जा रही थी। हाथ में बंदूक लिये रोजवेल्ट पायल की आवाज के पीछे दौड़ा जा रहा था। अब ऐसा लगने लगा था कि नायाब जान जहाँ जाना चाह रही है, रोजवेल्ट उसे वहाँ नहीं जाने देना चाहता। वह किसी भी कीमत पर उसे रोकना चाहता है। चाहे उसे नायाब जान को गोली ही क्यों न मारनी पड़े। रोजवेल्ट की आँखों खून सवार था। एक हाथ में बंदूक लिए दूसरे हाथ से चेहरे पर गिर रही बारिश की बूँदों को पोंछते हुए वह भी दौड़ता जा रहा था।

नायाब जान को लगने लगा कि उसका पीछा कर रहा रोजवेल्ट उसके बहुत समीप पहुँच चुका है। दौड़ते-दौड़ते उसने पीछे मुड़कर देखने का प्रयास किया कि अभी वह कितना पीछे है। बारिश की अनियंत्रित बूँदें उसकी आँखों पर भी पड़ रही थीं। एक हाथ से आँख पोंछते हुए देखा तो बारिश के कारण पूरी गली में धुंध सी छाई हुए थी, कुछ भी स्पष्ट नहीं हो पा रहा था। अचानक उससे काफी दूर उस बारिश के कोहसे को चीरती हुई उसे एक आकृति सी दिखाई पड़ी। हालाँकि वो आकृति अभी दूर थी, लेकिन यह दृश्यावली किसी अनहोनी का स्पष्ट संकेत दे रही थी।

नायाब जान कोशिश कर रही थी कि वह तेजी से आगे निकल जाए, तभी उसका पैर गली में पड़े गोबर पर पड़ा। वह झटके से फिसल गई। पत्थरों की चिकनी भीगी गली और गोबर की फिसलन।

वह फिसलते हुए सामने की दीवार से टकरा गई। सबकुछ इतनी जल्दी हुआ कि उसे कुछ समझ नहीं आ रहा था। उसकी दाएँ हाथ की हथेली छिल गई थी और दायाँ घुटना भी इतनी जोर से दीवार से टकराया था कि असहनीय सा दर्द उभर आया। घुटने से खून रिसने लगा था। नायाब जान की आँखों में आँसू छलक गए। बूटों की आवाज पास आती ही जा रही थी। किसी तरह अपने को हिम्मत देते हुए वह उठी और शीतला गली की ओर मुड़ गई। उसने फिर अपनी गति बढ़ाने का प्रयास किया, लेकिन दर्द जानलेवा सा था। उसके पैर काँपने लगे। उससे एकदम भी भागा नहीं जा रहा था। वह लँगड़ाते हुए गली के ओट में छुपकर खड़ी हो गई।

बूटों की आवाज एकदम करीब आ चुकी थी। उस तिराहे पर पहुँचकर वह ठिठका। उसकी खूनी निगाहें इधर-ऊधर नायाब जान को तलाश रही थीं। वह बुदबुदाया 'किधर चला गया वो लड़की अबी तो इधर ही था।'

आवाज सुनते ही नायाब जान ने अपनी साँसें रोक लीं। 'रोजवेल्ट यहाँ भी पहुँच गया'...उसको समझ में आ चुका था कि अब कुछ-न-कुछ अनिष्ट होगा। घुटनों से खून का रिसाव तेज हो गया था। तूफानी बारिश ऐसी कि रुकने का नाम ही नहीं ले रही थी। दाएँ हाथ की हथेली में भी दर्द बढ़ रहा था। मुँह से दर्द भरी चीख न निकल जाए, इसलिए नायाब जान ने अपने बाएँ हाथ से अपना ही मुँह दबाया हुआ था।

रोजवेल्ट के सिर से भी खून गिर रहा था। उसके भी सिर में तेज दर्द था। अब वह बिना और विलंब किए जल्द से जल्द फैसला कर

देना चाहता था। तभी उसकी निगाह सामने दीवार के नीच पड़े खून की तरफ गई। 'इदर् ए ब्लड कैसे' उसका दिमाग कौंधने लगा। उसने इधर-उधर नजरें दौड़ाईं। हर तरफ मरघट सी शांति पसरी हुई थी। तभी उसकी नजर पड़ी कि वहाँ से कुछ बूँदें सामने वाली गली की तरफ गई हुई हैं।

उधर छिपी नायाब जान का दर्द के मारे बुरा हाल था। उसकी धड़कनें तेज हो गई थीं। उसको समझ में आ गया था कि यहाँ अब रुकना खतरे से खाली नहीं होगा। उसने आँखें बंद कीं, लगा अपने महादेव को याद कर रही हो। अपने अंदर हौसला जुटाया और सामने गली की तरफ दौड़ पड़ी।

'बास्टर्ड' रोजवेल्ट चिल्ला उठा। देखा सामने वाली गली में लँगड़ाते-लँगड़ाते नायाब जान भाग रही थी। सहसा रोजवेल्ट के चेहरे पर एक कुटिल मुसकान आ गई। जैसे कि शिकारी ने शिकार को फँसा लिया हो। 'कहाँ टक भागेगी ये लँगड़ी घोड़ी' वह मुसकराते हुए बुदबुदाया।

नायाब जान की आँखों से आँसू भी इस भयानक बरसात की तरह गिर रहे थे। वह हिम्मत जुटाकर, बस दौड़ती जा रही थी। तभी पास के मकान की खिड़की पर बैठे किशुन चाचा ने आवाज लगाई, "अरे बिटिया, इधर कहाँ जा रही हो यह गली तो आगे बंद है।" नायाब जान के कदम ठिठक गए, उसे ऐसा लगा, जैसे उसके नीचे से जमीन ही खिसक गई हो। वह तुरंत रुकी।

"बिटिया, तुम्हें तो गहरी चोट लगी है, कितना खून भी बह चुका

है। घर आओ दवा लगवा दूँ।" और उन्होंने अपने घर के अंदर झाँकते हुए तेजी से आवाज लगाई, "अरे कुसुम बिटिया, जरा नीचे तो आना।"

"अभी आई बाबूजी" घर के ऊपर से आवाज आई।

"नहीं-नहीं चाचा, थोड़ा जल्दी में हूँ···लौटते समय आती हूँ आपके पास।" नायाब जान ने अटकते हुए समझाने का प्रयास किया।

"ऐसे कहाँ जाओगी बिटिया··· थोड़ी देर घर पर सुस्ता लो···कुछ चाय-नमकीन खाओ, तब तक मेरी बहू कुसुम दवा-पट्टी भी कर देगी तुम्हारी।"

"ओह नहीं चाचा···दिल से शुक्रिया···मैं अभी थोड़ा जल्दी में हूँ···कुछ बहुत जरूरी काम है···कोई मेरी प्रतीक्षा कर रहा है वहाँ···।"

"फिर ऐसा करो बिटिया, यह सामने वाली पतली गली से घूम जाओ। तीस कदम आगे जाने पर एक पीपल का पेड़ है···बस वहीं से दाईं ओर घूम जाना और सामने ही है सिंधिया घाट।"

नायाब जान की आँखों में चमक आ गई। वह जैसे अपना दर्द भूल गई हो। "बहुत-बहुत शुक्रिया चाचा···बहुत-बहुत शुक्रिया।" उसने किशुन चाचा को प्रणाम किया और सामने की गली के अंदर चली गई।

बारिश के कारण लोगों को जहाँ ठिया मिला, वहीं खड़े हो गए थे। इसलिए गलियाँ सूनी-सूनी सी थीं। चारों तरफ अजीब सा सन्नाटा था। अब तो बूटों की आवाजें भी नहीं आ रही थीं। नायाब जान इसी इरादे से कि जल्दी से घाट पहुँच जाएँ, तेजी से आगे कदम बढ़ा रही थी। इतनी पतली गली कि दो लोग भी ठीक से एक साथ नहीं चल सकते। उसका दर्द बढ़ता जा रहा था। उसे इस पतली गली के तीस

कदम तीस मील जैसे लग रहे थे।

आखिर पीपल के पेड़ के पास तक नायाब जान पहुँच ही गई। थोड़ी राहत की साँस ली और तेजी से घाट की ओर घूम गई। अचानक से यह क्या! दिल धक से हो गया। साँसें रुक सी गईं। ठीक सामने रोजवेल्ट खड़ा था। उसने अपनी रायफल की नली नायाब जान के माथे की तरफ तान रखी थी। उसकी आँखों में गुस्सा चरम पर था। हाथों में तनाव था और उसकी उँगली ट्रिगर को कसती जा रही थी।

सामने नायाब जान जड़ सी खड़ी हो गई। ऐसा लग रहा था कि जैसे समय रुक सा गया हो। बारिश का पानी उसी तेजी से चेहरे पर गिर रहा था और घुटनों से खून का गिरना बंद ही नहीं हो रहा था। उसके सामने उसकी मौत खड़ी थी। बस एक बार वह राज कुँवर का दीदार करना चाहती थी···बस एक बार!

तभी एक कान के परदे को फाड़ने जैसा तेज धमाका होता है··· 'ठाँय'··· ! पीपल के पेड़ से कबूतरों के झुंड तेजी से आसमान की तरफ उड़ जाते हैं। उनके पंखों की फड़फड़ाहट के शोर ने पूरे वातावरण को और ज्यादा डरावना बना दिया था। धीरे-धीरे उन पंक्षियों के उड़ने की आवाज भी मध्यम होने लगी और चारों तरफ फैल गई मौत-सी खामोशी।

नायाब जान ने अपना अंतिम समय सोचकर अपनी आँखें कसकर भींच ली थीं। वह धीरे से आँखें खोलकर सामने खड़े रोजवेल्ट की ओर देखती है। सहसा रोजवेल्ट धड़ाम से एक तरफ लुढ़क जाता है। नायाब जान की आँखें फटी-की-फटी रह जाती हैं।

वह कुछ समझ पाती कि ऐसा कैसे हो गया? उसे तेज बारिश में रोजवेल्ट के पीछे हाथ में पिस्टल लेकर खड़ी हुई एक आकृति नजर आती है। वह उसे पहचानने का प्रयास करती है···तेज बारिश के गिरने से उठी धुंध पहचानने में व्यवधान डाल रही थी।

"अरे पद्म तुम···" दाएँ हाथ में पिस्टल लिये एक वीरांगना की भाँति खड़ी पद्मा के बाएँ कंधे पर वह पक्षी पशुपतिनाथ बैठा हुआ था।

"नायाब जान, यह पशुपतिनाथ घर आया था, इसने मुझे सब बता दिया है।"

"अब विलंब मत करो···जाओ··· 'राज कुँवर' तुम्हारी बाट जोह रहा होगा।"

नायाब जान असमंजस में थी···यह सब क्या हो रहा है? पद्मा चाहती तो मुझे न बचाती···इसको किसना से इतना स्नेह है कि इसने उसकी खुशी के लिए अपना प्रेम भी कुर्बान कर दिया। वह ऊहापोह में पड़ी थी कि पद्मा ने चिल्लाकर कहा, "जाओ नायाब जान···जाओ, अब तनिक भी देर न करो।"

नायाब जान सिर झुकाकर पद्मा को सम्मानपूर्वक नमस्कार करती है। कुछ सोचे-विचारे बगैर दौड़ पड़ती है घाट की तरफ। पद्मा एक बुत की तरह खड़ी हुई है। उसके आँसू बारिश में धुलते जा रहे थे। कोई समझ नहीं सकता था कि वह रो रही है। वह अपने को सँभालती है और झुककर वहाँ की मिट्टी को अपने माथे से लगाती है। अब देश के प्रति समर्पण ही उसका सच्चा इश्क है। वह गली में मृत पड़े रोजवेल्ट को देखकर मुसकराती है···उसने अपने पिता की मृत्यु का बदला ले लिया

था। फिर पद्मा मन में माँ भारती को प्रणाम कर अपने संकल्प-पथ की ओर मुड़ जाती है।

कोठी की ओर जा रहे नंदू काका की निगाह गली में पड़े लाखन की तरफ पड़ती है। वह दौड़ के उसके पास पहुँचते हैं। "अरे, इनकी साँसें तो अभी चल रही हैं।" वे तुरंत उसे एक रिक्शे में बैठाकर कबीर चौरा अस्पताल की तरफ चल पड़ते हैं।

आसमान पर अभी भी बिजलियाँ चमक रही थीं और भयंकर बारिश बदस्तूर जारी थी। लेकिन नायाब जान के दिल में उठे तूफान के आगे उसे कुछ नहीं दिख रहा था। राज कुँवर को एक नजर देख अपनी बाँहों में भर लेने की तड़प में वह नाव लेकर अकेले ही उस पार जाने को गंगा में उतर जाती है।

उधर अपनी कुटिया में साधना में लीन है 'राज कुँवर'। अचानक उसे अजीब सा आभास होता है, जैसे उसकी परिकल्पना मूर्त रूप लेकर उसके सामने खड़ी है। उसकी साधना भंग हो जाती है। तभी उसे एक आवाज सुनाई देती है। वह अपनी आँखें खोलता है। "अरे, यह यहाँ कैसे?" कुटिया की खिड़की पर पशुपतिनाथ बैठा हुआ है। राज कुँवर उठता है और दौड़ते हुए पशुपतिनाथ को अपनी बाँहों में भर लेता है। पशुपतिनाथ सारा घटनाक्रम उसे बताता है और नायाब जान के इधर आने की सूचना देता है। उसे नायाब जान के आने का हो रहा एहसास अब यकीन में बदलता हुआ प्रतीत होने लगता है। वह तेजी से कुटिया के बाहर आ जाता है।

तेज हो रही बारिश में वह रेत पर दौड़ते हुए गंगा किनारे आ खड़ा होता है।

घनघोर अँधेरे के बीच कड़कती बिजलियों की रोशनी में उफनती गंगा उसकी अंतरात्मा को एक अनजाने डर से भर रही थी।

"नायाब जान···नायाब जान" चिल्लाता हुआ वो भी नाव लेकर उफनती हुई गंगा में उतर जाता है।

इश्क में दो आत्माएँ इस कदर डूबी थीं कि दोनों को कोई होश नहीं रहा।

इस पार से नायाब जान नाव लिये राज कुँवर की ओर आ रही थी, उस पार से नाव खेते हुए राज कुँवर नायाब जान के लिए बेताब हुआ जा रहा था।

इश्क की बारिश में दोनों तर बतर भीग रहे थे। ऐसा प्रतीत हो रहा था, जैसे कई जनमों से बिछड़ी आत्माओं का आज मिलन होने वाला है।

थोड़ा पास आते ही दोनों को एक-दूसरे का साया-सा दिखाई पड़ने लगा। जुदाई के बाद मिलन की उमंग ने जैसे सदियों बाद उन दोनों के दिलों के उल्लास, आँखों में खुशी से झर-झर बहते आँसुओं और होंठों को मुसकान से भर दिया।

तभी बाढ़ में तेजी से बढ़ती गंगा की लहरों में अचानक आए वेग से दोनों की नाव डगमगा गई···दोनों ने एक-दूसरे की ओर हाथ बढ़ाया··· दोनों की उँगलियों ने आपस में स्पर्श किया···तभी आई एक तेज लहर ने उन्हें फिर से दूर कर दिया··· दोनों ने फिर पतवार पर जोर लगाया··· दोनों नावें एक-दूसरे के बिल्कुल करीब थीं, लेकिन नियति को कुछ

और ही मंजूर था··· 'राज कुँवर' ने नायाब जान के हाथों को पकड़ा ही था कि फिर एक तूफानी लहर ने उनकी नावों को ही पलट दिया··· चारों तरफ स्याह अँधेरा छा गया।

'इश्क है मुकम्मल वही··जिसे मिलती मंजिल नहीं··'

इन दो आत्माओं का मिलन शायद उस आसमानी दुनिया में लिखा था।

□□□